어둠의 혼

아시아에서는 《바이링궐 에디션 한국 대표 소설》을 기획하여 한국의 우수한 문학을 주제별로 엄선해 국내외 독자들에게 소개합니다. 이 기획은 국내외 우수한 번역가들이 참여하여 원작의 품격을 최대한 살렸습니다. 문학을 통해 아시아의 정체성과 가치를 살피는 데 주력해 온 아시아는 한국인의 삶을 넓고 깊게 이해하는 데 이 기획이 기여하기를 기대합니다.

Asia Publishers presents some of the very best modern Korean literature to readers worldwide through its new Korean literature series 〈Bi-lingual Edition Modern Korean Literature〉. We are proud and happy to offer it in the most authoritative translation by renowned translators of Korean literature. We hope that this series helps to build solid bridges between citizens of the world and Koreans through a rich in-depth understanding of Korea.

바이링궐 에디션 한국 대표 소설 002
Bi-lingual Edition Modern Korean Literature 002

Soul of Darkness

김원일

어둠의 혼

Kim Won-il

ASIA
PUBLISHERS

Contents

어둠의 혼 007

Soul of Darkness

해설 085

Afterword

비평의 목소리 095

Critical Acclaim

작가 소개 102

About the Author

어둠의 혼

Soul of Darkness

아버지가 드디어 잡혔다는 소문이 읍내 장터 마당 주위에 퍼졌다. 아버지는 어제 수산리 그곳 장날 장거리에서 사복 입은 순경에게 붙잡혔다 했다. 어제저녁 읍내 지서로 오라에 묶여 왔다는 것이다. 장터 마당 주변 사람들은 오늘 중으로 아버지가 총살될 거라고 쑤군거렸다. 지서 뒷마당 느릅나무에 묶여 즉결 처분당할 거라고 말했다.

병쾌 아버지를 포함해서 아버지를 따라다니며 그런 일을 했던 읍내 젊은이 일곱이 그렇게 죽었기에, 그 일에 앞장섰던 아버지야말로 총살을 당할 게 분명하다. 이제 아버지는 연기처럼 자취 없이 사라져 버릴 게다. 사라진 연기를 다시 모을 수 없듯, 이제 우리 오누이는 아버지라 부

The news spread in the local market that my father had finally been apprehended. He was arrested yesterday, a market day at Susan-ri, on a busy street, by plainclothes policemen. They said that he was transferred to the local police station in the evening. They whispered among themselves that he would be executed by firing squad today. He would be tied to an elm behind the police station and summarily executed, they said.

Since Byŏng-koe's father and seven youngsters in the town who had worked with my father died like that, he would surely be killed that way since he was their leader. He would vanish like smoke,

를 사람이 없게 된다. 그 점이 슬플 뿐, 다른 생각은 나지 않는다. 아버지는 이태 넘어 집을 비웠다. 경찰에 쫓겨 밤을 낮 삼아 어디론가 늘 숨어 다녔다. 산도둑같이 텁석부리로, 선생님처럼 국민복을 입고, 경찰을 피해 문득 나타났다 잽싸게 사라져 버리는 아버지의 요술도 이제 끝났다. 그 요술의 뜻을 내가 미처 깨치기 전에 아버지가 돌아가신다는 게 슬플 뿐, 나는 당장 해결해야 할 절박한 괴로움에 떤다. 배가 지독히 고프다. 어머니는 아직 안 오신다. 양식거리를 구해 오겠다며 나간 지 한참 전이다. 두 시간쯤 되었을 게다. 내가 영어 숙제 하고 있을 때, 어머니가 뒤질 늠은 뒤지더라도 어디서든 양식을 꾸어 오겠다며 대문을 박차고 나섰다. 여러 집에서 양식을 꾸어다 먹었기에 더 꾸어 줄 집도 없을 터이다. 어머니는 믿을 데가 거기뿐이니 이모님 집으로 갔겠거니 여겨진다. 지서에 잡혀 있을 아버지를 두고 이모님께 넋두리를 늘어놓을 게 분명하다. 어머니를 곧잘 닦아세우지만 이모님은 마음씨 착하니, 서방 잘몬 만낸 불쌍한 이것아 하며 쌀 한 되쯤, 보리쌀 두 되쯤 뒤주에서 퍼내어 줄 것이다. 그럼 모레까지 배곯는 걱정은 안 해도 된다. 그 양식으로 죽을 쒀 먹는다면 며칠은 견딜 수 있다. 우리 집은 그동안 이모님 집

leaving no trace behind. As smoke cannot be recovered once it's gone, we would have nobody to call father aftewards. That's the only sad thing about it. I couldn't think of anything else.

My father hadn't been home for more than two years. Under cover of night, he was always on the run from the law. Donning a teacher's uniform with bushy whiskers like a bandit, he appeared and disappeared as if by magic, eluding the police. Now his magic has failed. It was a shame that he had to die before I could grasp the meaning of that magic, but what caused my shivering was something more immediate. I was starving.

My mother hasn't returned yet. It's been a while since she went out, to find some food, she said. It's probably been two hours since she left. I was doing my English homework when she bolted out the gate, saying she had to find some food whether he was killed or not. She had already borrowed provisions from many of our neighbors, so they were reluctant to lend more. She probably went to her sister for help because she was the only one she could fall back on. She would surely complain to her sister about the wretched fate of having her husband captured by the police.

에서 양식을 많이 가져다 먹었다. 그걸 언제 다 갚을는지 모른다. 몇 해 동안 돈이나 먹을거리를 집에 들여놓지 못한 아버지이긴 하지만, 아버지마저 돌아가신다면 어머니가 이모님 술집 품앗이를 해 준다면 모를까 갚지 못할 빚으로 남게 될 게다. 나도 이제부터 아버지가 없는 소년으로 남을 것이다. 그런데, 아버지가 왜 그 일에 적극 나서게 되었는지 나는 알 수 없다. 사람들이 모두 쉬쉬하며 두려워하는 그 일에 아버지가 왜 발 벗고 나서서 뛰어들게 됐는지 나는 그 내막을 자세히 모른다.

몇 해 전, 해방되던 날만도 아버지는 읍내 사람들과 함께 장터 마당에서 조선이 해방됐다며 만세를 불렀다. 여름 한낮, 태극기 흔들며 기세껏 해방만세, 독립만세를 불렀다. 재작년 겨울에 무슨 법이 만들어지고부터 아버지는 갑자기 집에서는 물론, 읍내에서 사라졌다. 지서며 사람을 피해 숨어 다니기 시작했다. 밤중에 살짝 나타났고, 얼굴을 보였다간 들킬세라 금방 사라졌다. 아버지가 무슨 일을 맡아 그러고 다니는지 어머니도 잘 모른다. 장터 마당 주변 사람들이 아버지를 두고 좌익질 한다며 쑤군거렸고, 순경이 자주 우리 집을 들랑거렸지만, 재작년 겨울부터 누구도 아버지를 보았다는 사람이 없었다. 누가 시켜

Her sister often chided her, but she had a heart of gold so she would scoop out one cup of rice or two cups of barley from the grain chest, taking pity on her younger sister who was unlucky with her husband. Then, we wouldn't have to worry about food for two days, or even longer if we scrimped by making porridge. We've borrowed a lot of grain from her, and I had no idea how long it would take to pay them back. If my father died—not that he'd put any money or food on the table for years—we would never be able to repay her unless my mother agreed to work at her tavern in exchange. From that point on, I knew, young as I was, that I would have to live life without a father. What I didn't know was what drove my father to become so active in that kind of work. I wasn't privy to why he stood at the forefront of such activities of which people seemed scared and spoke about only in hushed tones.

Just a few years ago when the country was liberated from Japan, he rejoiced with the other townsfolk at the marketplace. In the midst of that summer afternoon, they waved national flags, shouting "Hurray, liberation! Hurray, independence!" Then, after a certain law was enacted one winter two years ago, he suddenly disappeared from the

서 하는 일인지, 스스로 무슨 일을 꾸미는지 아버지에 관해서 그 사연을 들려주는 사람이 없었다. 쌀 한 톨 생기지 않는 일에 목숨을 걸고 숨어 다니는 아버지의 요술을 두고 사람들은 쉬쉬하며 귀엣말을 했다. 아버지가 하는 일은 읍내 유식꾼 이모부님조차 알면서 모른 체하는지 입을 아예 봉했다. 봄철이 되면 꽃이 피는 이유를, 꽃이 향기를 어떻게 만드는지 내가 모르듯, 이 세상에는 아직 내가 알 수 없는 일이 너무 많았다.

초등학교 이 학년 때였다. 나는 아버지와 들로 산책을 나간 적이 있었다. 안개도 자우룩한 초여름 새벽이었다. 이슬에 바짓가랑이를 적시며 아버지와 나는 들길을 걸었다. 종달새가 새벽부터 하늘을 날며 맑은 소리로 울었다. 아버지는 풀잎에서 뛰어오르는 청개구리 한 마리를 잡더니, 손바닥에 올려놓았다. 청개구리의 연두색 등판이 반들거렸고, 얇고 흰 뱃가죽이 팔딱거렸다. 아버지가 말했다. 요 꼬마 놈은 날마다 높이뛰기 연습을 한단 말이야. 첫날은 반 뼘 정도 뛰지만 이튿날은 쬐금 더 높이 뛰거든. 한 달쯤 뒤면 한 뼘쯤 뛰고, 두 달쯤 뒤면 두 뼘을 뛰고, 그 다음다음 달은…… 그럼 나중엔 하늘에 닿겠네요? 내가 물었다. 아니지. 하늘에 닿아 보려 뛰지만 하늘에 닿지는

house and town. He went into hiding to avoid policemen and people. He would show up briefly in the middle of the night and disappear again, afraid to be discovered. Even my mother didn't know what he was up to. People at the marketplace whispered that he'd become a Red. Policemen often raided our house, but they never caught a glimpse of him since that winter two years ago. Nobody told me whom he worked for or what he was up to. People murmured about why he would risk his life for something that didn't yield any grain. Even the husband of my mother's sister, the intellectual of the town, was tightlipped about the issue. There were so many things I couldn't possibly know, the way I didn't know why so many flowers bloomed in springtime and how they gave off such fragrance.

When I was in second grade my father took me out for a walk in the fields. It was at dawn in early summer when the mist was thick. He and I strolled along a path, dewdrops drenching the cuffs of our trousers. A skylark flew across the sky, emitting a clear cry. My father caught a tree frog as it jumped from the grass and put it on his palm. Its green back was glossy, and the white skin of its abdomen, throbbing.

못해. 왜냐하면 하늘은 끝이 없으니깐. 그럼 청개구리는 죽을 때까지 뛰겠네요? 그렇지, 죽는 날까지 날마다 높이 뛰기를 하지. 왜 그런 연습을 해요? 그건 아버지도 몰라, 청개구리만 알겠지. 아버지는 청개구리를 풀잎에 다시 놓아 주었다. 아버지 이야기는 재미가 없었다. 심심해서 해 본 말 같았다. 지금 생각하니 아버지가 해 왔던 그런 일이 꼭 청개구리 하는 짓을 닮았다. 죽을 때까지 뛴다던 청개구리의 높이뛰기, 아버지는 얼마만큼 높이 뛰고 언제까지 뛸까. 그때까지만도 나는 아버지가 죽는다고는 상상조차 할 수 없었다.

두렵다, 땅거미가 깔린다. 곧 사방이 어두워질 것이다. 어둠은 두렵다. 깜깜한 밤이 싫다. 벌써부터 내일 새벽이 기다려진다. 금병산 산마루 위로 해가 솟아 날이 훤해질 때까지, 나는 잠을 설칠 거였다. 날이 밝으면, 내 어릴 적에 왜 그런 청개구리 이야기를 들려주었냐고 묻기 전, 아버지는 돌아가셔 이 세상에 없을 것이다.

자식들이 굶고 기다리는 줄 알면서 어머니가 왜 안 오시는지 모르겠다. 지서로 갔을지도 모른다. 살아 있는 아버지를 마지막으로 만난다면 어머니도 펑펑 울까? 아니, 어머니는 지서에 가시지 않았을 것이다. 어머니는 늘 아

"This fellow practices high-jumping every day. On the first day, it jumps about half an inch then a little higher the next day. In about a month it jumps about an inch, in two months two inches, and then..."

"Then, will it reach the sky someday, father?" I asked.

"No, it cannot reach the sky even if it tries, because the sky has no limit."

"Then, should it jump until it dies?"

"Yes, it has to practice every day until it dies."

"Why, father?"

"That I don't know, son. Only the frog knows." He released it on the grass.

The story bored me, as if he had only told it to kill time. Now that I thought of it, what my father had done was akin to what that frog did, doing high-jumps until it died. How high and until when can my father jump? Back then, it never occurred to me that he would die.

I was scared. The dusk was gathering and darkness would soon descend upon everything. I was afraid of the dark and I hated the night. Daybreak couldn't come too soon for me. I would toss and turn until the sun rose over the ridge of Mt.

버지 험담만 퍼부었다. 조금 전만도 처자식 이렇게 고생만 시키니 죽어도 싸다고, 아버지를 두고 악담을 퍼지르고 나갔으니 지서로 갔을 리 없다.

나는 대문 앞에 쪼그려 앉아 다시 하나, 둘 하고 수를 센다. 옆집 박 선생네 누렁이가 지나간다. 머리와 꼬리를 늘어뜨린 힘없는 걸음이다. 언제 보아도 누렁이는 야위었다. 우리 오누이들처럼 갈빗대가 도드라졌다. 오래 못 살고 죽을는지 모른다. 나는 학교에 갔다 올 때, 갑자기 하늘이 노랗게 보일 적이 있었다. 다리에 힘이 빠져 쓰러질 것 같았다. 조회 시간에나 학교에서 돌아올 때, 나는 몇 차례 쓰러진 적이 있었다. 그럴 땐, 이렇게 죽는구나, 작년 여름 여래못에 빠져 죽은 병쾌처럼 나는 죽는구나 하는 생각이 들곤 했다.

뱃속에서 꼬르륵 소리가 난다. 배가 고프면 그런 소리가 났다. 나는 더 참을 수 없다. 오늘도 점심을 굶었다. 찬길이 녀석이 부러웠다. 녀석은 날마다 도시락에 쌀밥을 싸 왔다. 나는 찬길이보다 공부를 잘한다. 박 선생님이 머리를 쓰다듬으며 갑해야, 넌 가정환경만 좋으면 대학까지도 갈 수 있는데 하고 말한 적이 있었다. 곧 입학할 중학교는 이모부님이 학비를 대겠다고 말씀하셨다.

Geumbyeong. By first light, my father would no longer exist, and I would never have the chance to ask him what he meant by telling me about that tree frog.

I wondered why my mother hadn't come back when her kids were starving. Maybe she had gone to the police station. Would she cry her eyes out to see her husband alive for the last time? No, she couldn't possibly have gone there. She was always cursing him. She'd gone out saying he deserved to die because of all the suffering his family had to bear because of him. She would never have gone to the police station.

Crouched near the gate, I started counting: one, two... A brown mongrel that belonged to our neighbor Mr. Pak limped by, head lowered, tail between its legs. The emaciated dog's ribs stood out, like my sisters' and mine. It looked like it wouldn't live long. Sometimes, I would have sudden spells of dizziness on my way home from school. Then, I would feel like crumpling, my legs failing me. In fact, I collapsed several times during the school assembly and on the way home from school. Each time, I feared that I would die like Byŏng-koe who drowned in a pond last summer.

……아흔아홉, 백. 나는 벌써 백까지 세었다. 어머니는 나타나지 않는다. 나는 장터 마당으로 가는 다리 쪽에 눈을 준다. 나무다리는 바닥에 구멍이 숭숭 뚫렸다. 사람이 지나갈 땐 삐그덕 소리를 낸다. 달구지가 지나갈 땐 찌거덕거린다. 다리 건너에서 만수 동생이 볼록한 배로 혼자 제기차기를 한다. 녀석 집도 우리 집만큼 가난한데 오늘 저녁밥은 오지게 먹은 모양이다. 볼록한 배가 촐랑거린다. 우리 집은 왜 가난할까, 하고 생각해 본다. 어머니 말처럼 모두 아버지 탓이다. 아버지는 농사꾼이 아니요, 장사를 하지도 않고, 그렇다고 월급쟁이도 아니다.

울음소리가 들린다. 누나가 운다. 누나와 분선이가 쪽마루에 걸터앉아 있다. 누나는 집이 떠나가란 듯 큰 소리로 운다. 나는 엉거주춤 일어선다. 허리 굽혀 마당을 질러갈 때 다리가 떨린다. 장독대엔 벌써 어둠이 내렸다. 뒤쪽 대추나무는 귀신 꼴이다. 곱실한 가지가 머리카락을 풀어 흩뜨린 것 같아 무섬기를 들게 한다. 어두워진 뒤에 대추나무를 보자, 열흘쯤 전이 떠오른다. 밤이 깊어 잠이 들었을 때였다. 담을 타넘고 들어왔는지, 순경 둘이 방 안으로 들이닥쳤다. 그들은 구두를 신은 채였다. 순경은 소스라쳐 일어난 어머니 가슴팍에 총부리를 들이대며 소리쳤다.

My stomach growled, the way it did when I was starving. I couldn't stand it anymore. I didn't have lunch again today. I envied Ch'an-gil who always brought rice in his lunchbox. My grades were better than his. Patting me on the head, Teacher Pak once told me, "Gap-hae, you may go to college if your family can afford it." The husband of my mother's sister promised to pay for my tuition when I enter junior high school soon.

...99, 100. I've already counted to 100 and my mother still hadn't shown up. I turned my gaze to the bridge leading to the marketplace. The wooden bridge was riddled with holes. It creaked when people crossed it. It screeched when a cart passed. I saw Man-su's younger brother playing shuttlecock with his feet across the bridge. His family was as poor as ours but he must have eaten a lot this evening. His protruding belly seemed to bounce with each kick. I pondered why our family was so poor. As my mother said, it's all father's fault. He was not a farmer, a merchant, or a salaried man.

I heard the sound of weeping. My older sister was crying. She and Bun-sŏn were sitting on the edge of the wooden veranda. She was crying so loudly you'd think the house would be washed away by

조민세 어디로 갔어? 이 방에 있는 걸 봤는데 금세 어디 갔냐 말이다. 이년아, 네 서방 어디다 숨겼어? 순경은 어머니 멱살을 틀어쥐며 소리쳤다. 다른 순경이 어머니 허리를 걷어찼다. 호각 소리가 집 주위 여기저기에서 들렸다. 여러 순경이 집 안을 샅샅이 뒤졌으나, 끝내 아버지를 잡지 못했다. 그날 밤, 아버지는 집에 오지 않았다. 순경들은 애꿎은 어머니만 데리고 지서로 갔다. 어머니 머리채를 잡아끌며 순경들이 떠나자, 우리 오누이는 갑자기 밀어닥친 두려움으로, 서로 껴안았다. 그날 밤, 누나는 내내 큰 소리로 울었다. 누나 울음이 무섬기를 덜어 주었다. 누나는 울다 지쳐 잠이 들었다. 분선이와 나는 서로 껴안은 채 밤새 소리 죽여 흐느꼈다. 울기조차 못했다면 분선이와 나는 기절했을 거였다. 봉창이 환해질 때까지 콧물 눈물이 범벅이 된 채 울며 새운 그 밤의 두려움은 지독했다. 죽어 뿌리라, 어데서든 콱 죽고 말아 뿌리라. 나는 아버지를 두고 속말을 되씹었다. 순경들이 뜬금없이 한밤중에 밀어닥쳐 집 안을 뒤졌다. 그런 날 밤, 나는 아버지가 밉다 못해 원수로 여겨졌다. 이튿날, 학교 갈 생각도 않고 늘어져 누웠을 때, 어머니가 지서에서 풀려났다. 이모님이 어머니를 부축해서 집으로 데려왔다. 어머니 얼굴은

her tears. I rose to an awkward, half-standing posture. My legs shook when I walked across the yard, stooped. Darkness had already fallen on the terrace with the sauce jars, and the jujube tree loomed behind it like a phantom. Its crooked branches, like unkempt hair, looked frightening.

The jujube in the darkness reminded me of what happened about ten days ago. It was late at night and we were asleep, when two policemen, who had probably climbed over the wall, stormed into the room. They hadn't even bothered to remove their shoes. Thrusting a gun into my mother's chest, one of them shouted. "Where the hell is Cho Min-se? We saw him come here just now. Where is he? Where did you hide him, bitch?"

The policeman seized my mother by the collar, while his partner kicked her on the waist. The sound of a whistle rang throughout the house. Several other policemen arrived and searched every corner of the house, but they failed to find my father. That night, he didn't come to visit us. They just dragged my innocent mother to the police station. When they left dragging her by the hair, my siblings and I huddled together in fear. My older sister wept aloud all night. Her crying somehow

피멍이 들어 있었다. 어머니는 꺼져 가는 소리로 아버지와 순경을 두고 욕설을 퍼부었다. 그러나 이제는 순경들이 집 안으로 밀어닥치지 않을 거였다. 숨어 다니던 아버지가 수산리 장터에서 순경에게 잡혔다. 사람들은 아버지가 곧 총살당할 거라고 말한다. 아버지가 돌아가시고 나면, 사람들은 우리 집을 빨갱이집이라 말하지 않을 것이다.

대추나무 뒤쪽 하늘은 짙은 보라색이다. 나는 보라색을 싫어한다. 손톱에 들이는 봉숭아 꽃물도, 닭볏 같은 맨드라미도, 코스모스의 보라색 꽃도 싫다. 어머니 젖꼭지 색깔까지도 싫다. 보라색은 어쩐지 아버지가 바깥에서 숨어 다니며 하는 그 일과, 어머니의 피멍 든 모습을 떠올려 준다. 말라붙은 피와, 깜깜해질 징조를 보이는 색깔이 보라색이다. 옅은 보라에서 짙은 보라로, 세상의 모든 형체를 어둠으로 지우다, 끝내 아무것도 볼 수 없는 밤이 온다는 게 두렵다. 이 세상에 밤이 있음이 참으로 무섭다. 밤이 없는 곳이 있다면 나는 늘 그 땅에서 살고 싶다. 나는 환한 밝음 아래 놀다 그 밝은 세상에서 잠자고 싶다. 아버지는 어둠 속에서 총살당할 것이다. 작년에 지서로 잡혀간 젊은이들도 한밤에 총살당했다.

"언니야. 와 자꾸 우노. 울지 마래이. 어무이 곧 올 끼

lessened our fears, until she fell asleep from exhaustion. Bun-sŏn and I sobbed, huddled together, swallowing our tears. We might have fainted if we didn't cry. The night was terrifying. Until the sunlight came through the papered window, we wept, our tears mingling with snot. I cursed my father, muttering to myself. 'Die! Die a miserable death wherever you are!' That night when the policemen barged into our house for no reason, I hated my father and thought of him as the enemy. They let my mother go the next day. I was sprawled in the room, having skipped school, when she came back with her sister. Her face was bruised and bloodied. She was breathless from heaping curses on her husband and the policemen. Now that he'd been caught in the market of Susan-ri, they wouldn't have any reason to storm our house. People said that he would be killed shortly by firing squad. Then, they would no longer call our family Reds.

The sky behind the jujube had turned a dark purple, a color I hated. I hated the purple sap of touch-me-nots that they use to color fingernails, purple cockscombs, and purple cosmos. I even hated the purple color of my mother's nipples. The

다. 언니, 니 자꾸 울모 범이 와서 콱 물어 간데이." 분선이가 우는 누나 손을 쥔다.

누나는 더 큰 소리로 운다. 서러운 목소리가 아니다. 언제나 그렇게 소리만 내지를 뿐이다. 울음이라기보다 고함이다. 눈물을 흘리고, 콧물도 흘러내린다. 누나 역시 제대로 먹지 못하는데 눈물 콧물은 어디서 저렇게 많이 나오는지 나는 알 수 없다. 물을 많이 먹어 그럴는지 모른다. 아니다. 천치라서 그렇다. 누나는 바보다. 나는 쪽마루 앞으로, 배가 흔들리지 않게 걸어간다. 이젠 배가 아프거나 고프지 않다. 배가 잠을 자는 모양이다. 빨리 걸으면 배가 잠에서 깰는지 모른다. 잠에서 깬 배가 속이 빈 줄 알면 위벽을 긁으며 뭐든지 건더기를 넣어 달라고 앙탈을 부릴 터이다.

"오빠야, 니는 와 자꾸 박에 나가노. 니도 언니 좀 달래거라. 내사 증말 몬 살겠데이." 분선이가 나를 보며 어머니 말을 흉내 내어 말한다.

"문 앞에서 어무이 안 기다렸나. 니가 누부야 달래거라. 내사 마 말할 기운도 읎는 기라. 니 자꾸 말 시키이까 배가 잠을 깰라 안 카나."

나는 분선이 옆, 마루에 걸터앉는다. 누나는 자꾸 운다.

color was a reminder of what my father did in hiding as well as my mother's bruised and bloodied face. It was the color of clotted blood and of darkness. I was scared of night falling, the sky evolving from light to dark purple, obscuring everything. The very existence of night frightened me. If there were a place where night did not exist, I wanted to live there. I would want to play in the light, and fall asleep in a brightly lit world. As for Father, he would be shot dead in the darkness, like those young men who were arrested last year and executed by the police in the middle of the night.

"Why are you crying, Big Sister? Stop it, please, Mother will be back soon. If you keep crying, the tiger will come and get you." Bun-sŏn held her hand, comforting her.

But her weeping grew louder. It didn't sound sad, more like hollering than crying. Tears and snot ran down her cheeks. She didn't eat properly like us, so it was a mystery how she managed to produce such a copious amount of tears and mucus. Maybe it was because she drank a lot of water? No, it was probably because she was an imbecile. That's right, she was an idiot. I walked towards the wooden veranda, careful not to agitate my tummy. I didn't

상여가 나갈 때 곡하는 소리 같다. 분선이는 동그란 눈을 힘없이 깜박거리며 대문께를 본다. 나는 누나 울음소리가 듣기 싫다.

"누부야. 저게 바라. 어무이 쌀자루 들고 오네. 기분 좋아서 덩실덩실 춤추미 오네." 나는 짐짓 거짓말을 해 본다.

누나는 내 말에 속는다. 울음을 그치고 대문을 본다. 어머니가 보일 리 없다. 어둠만 짙다. 화가 난 누나가 더 큰 소리로 운다.

"오빠 니 와 자꾸 거짓말하노. 니 나중에 하느님한테 천벌 안 받는가 보래이." 분선이가 뾰로통해져 말한다.

바람이 분다. 봄을 싣고 오는 바람이라 포근한 기운이 섞였다. 분선이는 어깨를 떤다. 한기를 느끼는 모양이다. 나 역시 으스스하다. 나도 울고 싶어진다. 콧마루가 찡해 온다. 나는 마른침을 삼키며 참는다. 울면 배가 더 고프다. 운다고 금세 밥이 생기지도 않는다. 지난겨울, 그 추위에도 불 지피지 않은 찬방에서 우리 오누이는 저녁밥을 굶고 넘긴 적이 많았다. 분선이가 울지 않는데 내가 울어서는 안 된다.

"지금 무신 달인 줄 아나?" 나는 분선이한테 말을 시켜 본다.

feel pain or hunger now, like my stomach had gone to sleep, and it might wake up if I walked fast. Then, finding that it was still empty, it would scratch at its walls in protest, demanding to be fed.

"How could you wander around, Brother? Help me console her. I can't go on like this." Bun-sŏn shouted at me, like mother.

"I was waiting for Mother near the gate. Look after Big Sister yourself. I have no strength left even to speak. And stop shouting at me or my tummy might wake up."

I sat beside Bun-sŏn on the wooden veranda. Big Sister kept crying, making that keening sound they make when a funeral hearse passes by. Bun-sŏn stared at the gate, her round eyes blinking feebly. I could no longer stand the sound of crying.

"Hey, look, Big Sister! Mother's coming with a bag of rice, dancing for joy," I tried to distract her with a lie.

Gullible as she is, she stopped crying long enough to look at the gate. Of course, Mother wasn't there. It was getting dark. Angry, she started crying louder.

"Why do you have to tell lies? God will punish you." Bun-sŏn sulked.

The wind blew, carrying a hint of warmth, a

"사월 달이지 머꼬."

"오늘이 무슨 요일인 줄 아나?"

"금요일이지러."

"모레 공일날 나무하러 갈 때, 니도 따라갈래?"

"가꾸마. 인자 쑥은 늙어서 몬 뜯을 끼라."

"그래도 참꽃(진달래)은 다 안 졌을 끼다. 참꽃 따 묵고 칠기(칡)도 캐 묵자. 찰칠기는 얼매나 맛있다고. 장터에는 벌써러 칠기장수가 나왔더라."

"어무이는 와 안 오노. 언니가 이래 울어쌓는데." 분선이 목소리가 울먹해진다. 분선이가 다시 누나를 달랜다. "언니야, 내 노래 불러 주꾸마. 뜸북새 불러 주께 울지 마래이."

분선이는 참한 애다. 분선이는 사 학년으로, 공부를 잘한다. 나는 초등학교 적 반에서 늘 첫째나 둘째를 했고, 분선이는 다섯째 안에서 맴돈다. 밥만 양껏 먹을 수 있다면 나는 늘 첫째를 할 수 있고, 분선이도 부급장을 할 수 있다. 장터 마당 주변 사람들은 분선이를 새처분(예쁜) 가시나라고 칭찬한다. 분선이는 말도 제대로 못하는 아기 같은 누나를 늘 보살핀다. 다른 처자들은 다 시집가도 우리 언니 데리갈 총각은 없을 끼라 하고 말하며, 분선이는

harbinger of spring. Bun-sŏn's shoulders trembled. She must have felt cold. I did too, a little. Suddenly, I also felt like crying. I felt a pang rush down the tip of my nose. I swallowed, struggling against it. Crying would only make me hungrier. It would not make rice appear, either. Last winter, we managed to survive skipping many dinners, freezing in an unheated room. I must resist crying, like Bun-sŏn.

"Do you know what month it is?" I asked her.

"Don't you know? It's April."

"Do you know what day it is?"

"Friday."

"Do you want to come along to gather firewood this Sunday?"

"Okay, I will. But it must be late for picking mugwort."

"Azaleas would still be in bloom. Let's pick some and dig up arrowroots. Arrowroots taste wonderful when they are sticky. They've already started selling them in the market."

"Why isn't Mother coming back? Big Sister wouldn't stop crying." Her voice brimming with tears, Bun-sŏn tried comforting her again. "I will sing for you if you stop crying. Hush, I will sing you *Watercock*." She was a sweet girl. She was a fourth

어른스럽게 혀를 차곤 했다. 오줌을 함부로 흘린 누나의 누런 지도 그려진 속옷을 어머니가 없을 때는 분선이가 빤다. 빨랫방망이를 두드리며 분선이가 빨래할 때, 그 옆에 앉아 히히 웃는 누나가 분선이는 귀여운 모양이었다. 동네 사람들이 모두 누나를 싫어하지만 분선이만이 누나의 착한 동무다.

분선이는 떨리는 목소리로 노래를 부른다. 나는 목이 멘다. 누나보다 분선이가 더 가련하다. 나도 울고 싶어진다. 분선이를 껴안고 울고 싶지만 나는 남자이기에 참는다. 목울대가 떨려 나는 가만 앉아 있을 수 없다. 누나 울음소리가 귀에 거슬린다. 어둠에 묻혀 가는 집도 싫다. 나는 마루에서 일어선다. 천천히 걷는다. ……우리 오빠 말 타고 장에 가시면…… 분선이의 노랫소리가 쓸쓸하고 곱게 퍼져 나간다. 노래가 끊어진다.

"오빠야, 또 어데 가노?"

분선이도 곧 울 거라고 나는 등 뒤로 느낀다. 나는 걷기를 멈추지 않는다. 눈을 감았다 뜨며 분선이 모습을 지우려 애쓴다. 분선아, 나는 니맨쿠로 착하지 몬해. 나는 누나를 달랠 수 읎어. 나는 입속말로 말한다. 분선이의 물기 젖은 눈동자가 내 앞을 막는다. 나는 멈춰 선다.

grader, and was good at her studies. I was always first or second in my class, and she was always in the top five of hers. If only we had enough to eat, I would always be first in class and she would be chosen as deputy class leader. People in the marketplace praised her as a good, pretty girl. She always looked after our sister who couldn't speak properly and acted like a baby. She would click her tongue like a grownup, saying, "All the girls will get married, but who would take my sister?" When Mother was not around, she would take it upon herself to wash Big Sister's panties, which were stained brown with piss. As she bashed it with the laundry bat, she must have looked at our sister grinning beside her and thought her cute. Even though all our neighbors disliked our older sister, Bun-sŏn remained her faithful friend.

She sang the song in a faltering voice and I felt like choking. She sounded even more miserable than Big Sister. I wanted to cry. I wanted to hold her and cry, but I fought back the urge because I was a boy. I couldn't sit still because I felt my vocal cords trembling. Finally, Big Sister's crying got on my nerves, and I could no longer stand the house which was getting swallowed up by the darkness,

"어무이 찾으러 안 가나, 퍼뜩 찾아와야 밥해 묵지러. 이모님 집에 가모 어무이 있을 끼라. 내 얼른 모시고 오꾸마. 어무이 오모 우리 쌀밥 해 묵자."

더욱 짙어진 어둠 건너 분선이 얼굴이 희미하다. 배 속이 쓰려 온다. 어둠 속에 분선이 얼굴이 아래위로 끄덕인다. 누나는 기진맥진해진 목소리로 아직 운다. 나는 돌아서서 걷는다. 대문 옆 꽃밭은 음침하다. 애써 구한 씨를 분선이와 함께 뿌린 꽃밭이다. 백일홍, 분꽃, 채송화는 아직 모종 티를 벗지 못했다. 해바라기가 그중 잘 자란다. 숟가락만 한 잎을 벌렸다. 그 꽃밭이 어둠에 묻혀 간다. 꽃밭만은 밤낮을 가리지 않고 밝았으면 싶다. 꽃밭까지 어둠이 삼킨다는 건 하느님이 세상을 만들 때 잘못 만든 듯싶다. 겨울 한 철 빼고 꽃밭은 늘 푸르고 색색의 꽃이 알록달록 피어야 한다. 향기를 뿜고 그 향기를 좇아 나비와 벌이 찾아와야 한다. 아니, 꽃밭 주위만은 겨울이 닥치지 않아야 한다. 잎이 푸르고 꽃은 늘 피어 있어야 한다.

나는 대문을 나선다. 공동 우물터에서 여자들이 떠드는 소리가 들린다. 두레박이 돌벽에 부딪혀 물에 철버덩하고 떨어지는 소리가 들린다. 웃음소리도 들린다. 아낙네와 처녀들이 무슨 이야기인가 재잘거리고 있다. 장터 마당의

so I got to my feet and walked slowly. *...when my brother rides a horse to the market...* Bun-sŏn's voice rang out, delicate and lonely, then paused.

"Brother, where are you off to?"

Without having to look back, I knew that she would soon start weeping. But I kept walking. I blinked to erase her image. I said to myself, 'Bun-sŏn, I'm not as good-hearted as you. I can't calm down Big Sister.' But her teary eyes blocked my way. I stopped walking.

"I'll find Mother, so we can have something to eat. She must be at aunt's place. I'll be back with her soon and we'll have some rice."

Her face was hidden from me because of the gathering gloom. My stomach tingled. I saw her nod in the darkness. Big Sister was still crying, hoarsely now. I turned back and continued walking. The flowerbed by the gate looked depressing. Bun-sŏn and I had sowed the seeds obtained with such difficulity. The Indian lilacs, marvels-of-Peru, and portulacas were still seedlings, but the sunflowers were growing well, sending forth spoon-sized leaves. The flowerbed was also disappearing in the darkness. I wished even just the flowerbed could stay in perpetual light. I thought God made a

온갖 소문은 우물터에서 퍼져 나갔다. 아버지가 읍내 지서로 잡혀 왔다는 소식도 우물터에서 번졌다. 나는 귀를 기울인다. 갑자기 웃음소리가 끊어진다. 우물터에서 하는 말이 들린다. 그 말이 내 귀에 아프게 박힌다.

"똑똑한 사람 죽는구먼, 우짜모 멫 해 사이 사람이 그렇게 빈해 버릴 수가 있나." "아아들이 불쌍한 기라. 천치 분임이는 두고라도, 갑해랑 분선이가 안 그렇나, 쯧쯧."

나는 그 소리가 듣기 싫어 걸음을 빨리한다. 눈물이 고인다. 아녀자들 말을 듣자, 왠지 아버지가 가여워진다. 배만 고프지 않다면 두렵긴 하지만 지서로 가 보고 싶다. 아버지는 오라에 묶여 매를 맞고 있을는지 모른다. 지서에서 그런 일 했던 사람을 잡아들이면 순경들이 무조건 패기부터 한다 했다. 지서 방공호가 매타작하는 곳이란다. 피 흘리는 아버지 얼굴이 떠오른다. 울부짖는 모습도 떠오른다.

해방되던 해, 가을이 생각난다. 추석날이었다. 어머니는 집에 있고 우리 오누이는 아버지와 함께 성묘를 갔다. 아버지는 누나 손을 잡았고, 나는 분선이 손을 잡고 걸었다. 폐가 나빠 젊은 나이에 세상을 떠나셨다는 할아버지 묘지는 산을 두 개나 넘는 오추골에 있었다. 그곳에는 할

mistake in making this world, if even the flowerbed could not be spared from the darkness. Except during the winter, the flowerbed should always be green and in bloom.

I slipped out the gate. I could hear the chatter of the women gathered at the public well. I heard a bucket hit its stone wall and fall into water, causing a splash. There was the sound of laughter too. Women, married or single, all had something to talk about. They exchanged all sorts of gossips and rumors they had picked up from the marketplace. Among these was the news that my father had been arrested and taken to the local police station. I pricked up my ears. The laughter stopped and their words filled my ears.

"Another bright person gone. How could he change so much in a few years?"

"Poor children. Aside from that idiot Bun-im, I pity Gap-hae and Bun-sŏn. Tsk tsk."

I couldn't stand it, so I quickened my steps. Tears welled up in my eyes. I began to feel sorry for my father after hearing what they said. I was scared, but I wanted to go to the police station to see him, if only I wasn't starving. He might be getting flogged, all bound up. Once policemen caught those

머니 무덤, 증조부모님 무덤도 있었다. 산길은 단풍이 고왔다. 내 키보다 더 자란 억새가 눈부신 햇살을 받고 바람에 흔들렸다. 발밑에서 부서지는 낙엽 소리가 듣기 좋았다. 다람쥐도 보았고, 산딸기도 따 먹었다. 분선이는 노래를 불렀다. 오래 걸어도 다리 아픈 줄 몰랐다. 그 산길을 걸으며 아버지가 말했다. ……그래서 말이야. 난 아버지 얼굴도 모르지. 그즈음 우리 집은 살림이 넉넉했어. 네 할아버지가 다섯 해를 앓으시며 온갖 약을 쓰다 보니 많던 전답을 다 팔고, 별세하셨을 땐 겨우 나 하나를 키울 전답과 황소밖에 없었던가 봐. 네 할머닌 머슴과 나를 데리고 청상으로 사시다 돌아가셨지. 내가 일본에서 고학하며 공부할 때, 돌아가셨다는 기별을 받았어…… 아버지가 내게 들려주는 말이었으나 꼭 그렇지만도 않았다. 그적만 해도 나는 어렸다. 아버지가 심심하니 그냥 해보는 말이었다. 내가 청상이란 말뜻도 몰랐을 적이었으니깐. 조선님(조상님) 무덤마다 절을 하고 벌초까지 끝내자, 아버지와 우리 오누이는 싸 온 떡과 삶은 달걀과 과일을 깎아 나누어 먹었다. 삶은 달걀을 먹을 때, 나는 문득 아버지를 골려 주고 싶었다. 나는 어려운 질문을 꺼냈다. 그 질문은 그즈음 우리 또래에서 이상한 수수께끼로 나돌아 선생을 골릴 때

believed to be Reds, they beat them up right away. They did it in the air-raid shelter of the police station. I conjured up the image of my father, bloody, screaming in pain.

I remembered that autumn of the year when the country was liberated from Japan. It was Ch'usŏk holidays. Mother stayed home, and my siblings and I went with Father to visit our ancestors' graves. We all walked together, he holding Big Sister's hand, and I, Bun-sŏn's. The grave of our grandfather, who died young because of a lung ailment, was in Ochu Valley, two mountains away, together with the graves of his wife and parents. The mountain path was steeped in pretty autumn colors. Eulalias taller than me danced in the breeze, bathed by dazzling sunlight. The leaves seemed to sing, rustling beneath our feet. We saw squirrels and picked raspberries to eat. Bun-sŏn sang a song. Our legs didn't tire even though it was a long walk.

Father talked as we walked down the mountain path. "... So I didn't even see my father's face. He belonged to a rich family then. Your grandfather was sick for five years, so they had to sell most of their fields and paddies for his medicine. They only had enough land and a bull left to raise me when

아이들이 쓰는 질문이었다. 아부지, 이 지구가 생기나고 맨 처음, 달걀이 먼저 나왔게예, 닭이 먼저 나왔게예? 학생들이 이런 질문에 선생님은 맞는 답을 금방 골라내지 못했다. 닭이 먼저라면, 그 닭이 어디서 나왔느냐, 달걀이 먼저라면 그 달걀을 누가 낳았느냐란 연속적인 질문을 학생들이 준비해 두고 있기 때문이었다. 내 질문을 받자 아버지 역시 헛기침을 하며 잠시 당황해했다. 아버지는 무엇인가 곰곰이 생각하는 눈치였다. 아버지가 이윽고 나를 건너다보더니, 내가 알아맞혀 보지 하셨다. 그래예, 맞히 보이소. 나는 아버지 입을 보았다. 답은 간단하지. 닭이 먼저냐 달걀이 먼저냐 하는 답은 말이야. 아무도 몰라. 나는 아버지 대답에 실망했다. 피, 그런 답이 어딨습니꺼, 지도 그런 답은 할 수 있습니더. 내 말에, 아버지가 대답했다. 너도 학교에서 배웠겠지만 닭과 달걀의 조상을 쭉 따라 올라가면, 글쎄, 몇 억 년쯤 거슬러 오르면, 암놈 수놈이 한 몸이었을 때가 있었지. 원생동물 시기가 있었거든. 그때 사람이 생겨나지 않았을 때였어. 그럴 때, 과연 어떤 게 먼저 세상에 나왔는지 아무도 알 사람이 없지. 그러니까 그 답은 모른다는 게 옳은 답이야. 아버지 그 말에 나는 풀이 죽었다. 그래도 어데 모른다는 기 맞는 답일 수

he died. Your grandmother brought me up with the help of servants and died a widow. I received the news of her passing while I was working my way through school in Japan..."

Sometimes, I think, he intended that story for me, but maybe he didn't. Back then, I was too young to know what a 'widow' meant. He might well have told it just to kill time. After kowtowing before each grave and cutting the weeds that had grown on them, we shared rice cakes, boiled eggs, and fruits. As I ate my boiled egg, I thought of teasing Father, by asking him a tough question. Back then, it was a popular riddle that students my age posed before their teachers when they wanted to tease them.

"Father, when the world was created, which do you think came first, the chicken or the egg?"

Even our teachers had trouble answering this. If they said chicken, we were ready to ask from where that chicken came; if they chose egg, we would just as quickly ask who laid that egg. My father looked bewildered and cleared his throat. He paused to reflect on the question and then looked me in the eye.

"Okay, I'll try to answer your question."

"Go ahead, Father." I trained my eyes on his

있습니꺼. 나는 조그만 소리로 말했다. 아니야, 넌 답이란 반드시 맞다, 아니면 틀렸다 두 가지뿐인 줄 알지? 아버지가 물었다. 그래예. 모른다는 거는 답도 아니고 아무것도 아이라예. 모른다는 거는 증말 모르이까 모른다고 말하는 기지예. 내 말은 틀린 말이 아니었다. 아냐, 옛날 옛적, 닭과 달걀 중 누가 먼저 생겼느냐란 질문에는 모른다가 답일 수 있어. 더러는 모른다는 답이 백 점일 때도 있단다. 너도 이다음에 크면 알게 되겠지만, 이 세상일에는 참으로 수수께끼가 많지. 어느 게 옳고, 틀린지 정답을 모르는 일이. 모두 제가끔 하는 일만이 옳은 일이라며 열심히 매달리니깐. 어떤 일에는 목숨까지 던져 가며 말이다.

다리를 건너는 함안댁, 다음 집이 판쟁이(소목) 집이다. 그다음은 장터 마당이다. 함안댁네 집에서는 구수한 내음이 난다. 떡을 찔 때 나는 내음이다. 오늘은 그런 내음이 나지 않는다. 내일이 진례장이다. 모레가 가숩장, 그다음 날이 진영장날이다. 진례장은 멀어 함안댁이 내일은 떡을 팔러 가지 않는다. 나는 함안댁 낮은 담 너머로 마당을 들여다본다. 빈 마당이 어둡다. 방문에는 호롱불이 밝다. 가마니를 짜는 판돌이 형 그림자가 보인다. 지난겨울 판돌이 형은 바깥출입을 거의 하지 않았다. 방에 박혀 가마니

mouth.

"The answer is simple. The answer to the chicken and egg conundrum is that nobody knows."

I was disappointed with his answer. "Gee, what kind of answer is that? Even I can come up with it."

"As you might have learned in school, the mystery of the chicken and the egg could be traced back to hundreds of millions of years ago when male and female beings existed as one. It is called the protozoan age, even before humans came into being. Therefore, nobody could possibly know which on earth came first. So the natural answer is, nobody knows."

I was disheartened. "How can Nobody Knows be the right answer?" I said in a barely audible whisper.

"Well, are you saying there are only two possible answers to a question, right and wrong?"

"Yes, father. Nobody Knows is not a proper answer or anything. People say I don't know because they really don't know." I believed my argument made sense.

"The answer to the chicken and egg question could be Nobody Knows. Sometimes, Don't Know can be 100 percent correct. When you grow up, you will find out that there are a lot of riddles in this

만 만들었다. 동네 아낙네들이 우물터에서 판돌이 형을 두고 하던 말을 나도 들은 적 있었다. 나이 열여덟 살밖에 안 된 떠꺼머리가 어째 그래 부지런할꼬. 인자 이태만 지나모 딸 주겠다고 나서는 집이 생길 끼라. 이분 겨울만 해도 밤낮을 쉬지 않고 짠 새 가마이를 장에 내다 팔모 중소한 마리쯤 느끈히 살 거로. 함안댁 집에서 가마니틀이 철거덕거리는 소리만 들릴 뿐, 아무 소리도 들리지 않는다.

해방되기 전, 아버지는 역 아래 야학당을 연 적 있었다. 학교에 다니지 못한 총각 처녀를 모아 글을 가르쳤다. 나는 몇 차례 그 야학당에 놀러 갔다. 남포등 아래 스무 명 남짓한 젊은이가 공부하고 있었다. 판돌이 형도 끼여 있었다. 아버지가 말했다. 판돌이는 머리가 좋아. 그렇게 한글을 빨리 깨치는 애는 처음 봤어. 그 야학당도 태평양 전쟁이 한창인 무렵, 문을 닫았다. 그 뒤로 아버지는 집에 있는 일이 별로 없었다. 부산으로, 서울로 무슨 일 때문인지 바깥으로만 나돌았다. 한 달, 또는 두 달씩 집을 비웠다. 불쑥 나타나면, 며칠이 못 가 다시 떠났다. 집에 있을 때도 두툼한 책만 읽었다. 어머니가 이모님한테 말한 적이 있었다. 갑해 애비가 아마 그때부텀 그늠으 사상인지 먼지에 미쳤나 바예. 사람이 어째 그래 빈할 수가 있어예.

world that don't have simple answers, right or wrong. Everyone strives for their goal, firmly believing that what they are doing is right. Some even give up their lives for that cause."

Across the bridge was the house of Mrs. Haman next to the house of a table maker, and beyond this was a market. The wonderful smell of steaming rice cakes that usually wafted from Mrs. Haman's was absent today. Tomorrow would be market day in Jinrye, the day after tomorrow, in Gasup, and the day after that, in Jinyoung. Jinrye is too far so she probably decided against going there to sell rice cakes. I cast a glance at her yard beyond the low stone wall—it was dark and empty. The glow of a kerosene lamp could be seen through a papered window. I saw Pan-dol's shadow busy weaving a straw bag. Last winter, he hardly left the house, spending all day and night weaving straw bags inside. I heard the women who gathered at the well talking about him. "How can an 18-year-old boy be so diligent? In two years' time, many will offer him their daughters' hand in marriage. If he sells those straw bags he spent all summer making, he will probably have enough to buy a medium-sized cow." There was no sound from the house except

사람이 벙어리 아인 다음에사 어째 그래 말이 읎을 수 있겠습니꺼. 메칠 꼼짝 않고 방구석에 박혀 책을 펴놓고는 입에 검구(거미줄) 치고 지내지 멉니꺼. 그라다가 마실 나가듯 온다 간다 말읎이 사라져뿌이. 서방이 미쳐도 보통 미친 기 아인 기라예.

함안댁 집에 어머니가 있을 리 없다. 이제 함안댁은 우리 집에 좁쌀이나 보리쌀을 빌려주지 않을 터이다. 지난주에 함안댁과 어머니가 대판 싸웠다. 꾸어다 먹은 보리쌀을 갚지 않는다고 싸웠다. 분선이나 나는 함안댁한테 떡을 자주 얻어먹었다. 함안댁은 어머니와 사이가 좋지 않지만 아이들을 좋아했다. 나는 자주, 정 많은 함안댁이 어머니였으면 하고 바라기도 했다. 언젠가, 함안댁을 보고 어머니라 불러 본 꿈도 꾸었다.

판쟁이 집 앞을 지나다 나는 끝순이를 만난다. 밥상을 만들어 파는, 온몸에 문신을 그려 넣은 술주정뱅이 추씨 막내딸이다. 끝순이는 눈이 조그맣고 코가 밋밋하다. 분선이와는 같은 반이다.

"갑해야, 분선이 집에 있지러?" 끝순이가 묻는다.

나는 머리를 끄덕인다. 분선이한테 또 산수 숙제 공책을 빌리러 가는 모양이다. 나는 바람 넘치는 장터 마당으

for the clanking of the weaving loom.

My father ran an evening school near the train station before the country was liberated from Japan. He gathered young men and women who couldn't afford to go to school, and taught them how to read and write. I often went there to play. There would be 20 youths studying in the light of a single lamp. Pan-dol was one of them. My father praised his intelligence. "Pan-dol is brilliant. I've never seen someone learn the Korean alphabet so quickly." The school was closed at the height of the Second World War. Afterwards, my father was seldom home. He always visited Busan, Seoul, and other places. For one or two months, he would be away from home, and then suddenly show up. And after a few days, he'd be back on the road again. He always read thick books whenever he was home. Once my mother confided to her sister. "Gap-hae's father must have gone mad because of that damned ideology of his. How can a person change so completely? He doesn't talk while he's at home. He might as well be dumb. He just stays in the room, reading, without saying anything for days. Then, he disappears as though he'd just gone for a walk. He's completely nuts."

로 들어선다. 장터 마당에는 흙먼지가 날린다. 휴지와 지푸라기가 흙먼지에 휩쓸린다. 으스스하게 추워 나는 목을 움츠린다. 장터 마당 어둠 속에서 아이들이 뛰논다. 칼칼한 고함으로 보아 저녁밥을 먹은 모양이다. 가건물이 서 있는 쪽은 벌써 깜깜하다. 초승달이 떠서 거기만 더 어둡게 보인다. 가건물 쪽에서 합창으로 불러대는 유행가와 하모니카 소리가 들린다. 밤송이처럼 머리칼에 기름을 바른 애젊은 녀석들이 처녀애를 꾀어내려 수작을 부리고 있다. 나는 천천히 걷는다. 장터 마당 아래쪽으로 내려간다. 이모님은 술장사를 한다. 장터 마당에 있는 몇 개 주막 중에 큰 주막이다. 술방이 따로 있고 손님 옆에 앉아 술을 따라주는 색시도 있다. 나는 담뱃집 앞을 지난다. 찬수 아저씨가 담배를 사고 있다. 찬수 아저씨는 서울에서 대학을 다니다 태평양전쟁 말기 학도병으로 남양 전쟁터에 끌려갔다. 해방이 되자 외팔이가 되어 돌아왔다. 그 뒤부터 하는 일 없이 날마다 술만 마시고 지낸다. 찬수 아저씨가 담뱃갑 껍질을 입으로 물어뜯는다. 한 개비를 빼어 입에 문다. 내 쪽을 힐끔 돌아본다. 담뱃집에서 내비치는 호롱불빛에 아저씨 취한 눈이 번들거린다.

“이 자슥아, 니 애비가 죽는데 넌 지금 어델 쇄질러 댕

No, she couldn't be at Mrs. Haman's. She couldn't borrow hulled millets or barley from her because they had a big fight over the barley she had borrowed last week. Bun-sŏn and I often got free rice cakes from Mrs. Haman. She was not on good terms with my mother, but she liked kids. I often wished that this kind woman were my mother instead. I even had a dream once where I called her 'Mother.'

Passing the table maker's, I bumped into Ggeut-sun. She was the youngest daughter of Mr. Ch'u, who made and sold dining-tables, a drunkard who had tattoos all over his body. This girl with tiny eyes and a snub nose was Bun-sŏn's classmate.

"Gap-hae, is Bun-sŏn home?"

I nodded. She probably wanted to borrow my sister's math notes again. I reached the market, where a draft was blowing. It sent the dust whirling, with straws and rubbish. I huddled against the chill. Kids were playing in the darkness, and I could clearly see that they had eaten dinner judging from their feisty voices. Some makeshift buildings stood in pitch darkness, the crescent moon lending the barest illumination. The chorus of a pop song and the sound of a harmonica wafted from the

겨?" 찬수 아저씨가 꾸짖는다.

나는 대답을 못한다.

"미친놈으 세상. 뭣 때메 싸움질인지 몰라. 죽어라 죽어. 뒈질 놈은 뒈져 버려. 극좌 극우가 없어져야 편안한 세상이 될 테이깐." 찬수 아저씨가 내뱉는다.

찬수 아저씨 집은 읍내에서 부자다. 기와집이 번듯하고 전답도 많다. 방앗간도 있고 과수원도 있다. 찬수 아저씨가 비틀거리며 아래쪽으로 내려간다. 잠시 걷더니 담벽에 기대어 선다. 나도 멈춰 선다. 찬수 아저씨가 토하기 시작한다. 손가락을 입에 쑤셔 넣고 토한다. 초저녁인데 벌써 꽤나 술을 마신 모양이다.

"제가 무슨 볼셰비키라고 오뉴월 개처럼 재물이 되겠다는 기고. 차라리 항일운동이나 하다 순국하지, 해방된 마당에 동포 손에 개값도 못하고 와 죽어……."

나는 다시 아버지를 생각한다. 아버지는 무슨 죄를 졌기에 왜 도망만 다니는지 알 수 없다. 빨갱이란 얼마나 나쁜 사람이기에 잡기만 하면 총살시키는지, 나는 제대로 알지 못한다. 재작년 가을, 밀양 조선모직회사에서 번진 노동자 폭동이 있고부터 순경들이 눈에 불을 켜고 아버지를 찾기 시작했다. 사람들은 말했다. 빨갱이 짓을 하면 무

buildings. Some young guys with spiked and slicked hair were hitting on a girl. I walked slowly to the market. My mother's sister ran a tavern, the largest among the handful of such establishments in the market. It had private drinking rooms and a few female attendants to pour drinks. I passed a store where Mr. Ch'an-su was buying cigarettes. He had gone to college in Seoul before being drafted to serve as a student soldier in the battlefield towards the end of the Second World War. After the country's liberation from Japan, he came back to his hometown with one arm gone. Since then, he spent all his time drinking, without lifting a finger to work. He tore the cigarette pack open with his teeth and clamped one stick in his mouth. He turned and glared at me. His eyes glittered in the light of a kerosene lamp from the store.

"Son of a bitch, why are you wandering around as your father is dying?" He scolded me.

I didn't know what to answer.

"Crazy world. What the hell are they fighting for? If you want to die, go ahead! The world would be a better place if these extremists are eliminated."

His family was one of the richest in town. They owned a respectable house with tile roofing, many

조건 죽인다고, 빨갱이 짓 하려면 숫제 삼팔선을 넘어가야 마음 놓고 할 수 있다고. 그런 말을 사람들이 쉬쉬하며 소곤거린다. 그런데 아버지가 왜 그런 일에 나서게 되었을까에 대해선 아무도 말해 주지 않았다. 나도 나이 들면 언젠가 알게 될 것이다. 달걀이냐, 닭이냐에 대한 질문에서 아버지가 대답한 답을 깨칠 때쯤이면, 나도 그 모든 진상을 알게 될 거였다.

찬수 아저씨가 이모님 주막 유리문을 연다. 나는 이모님 주막 유리문이 아닌 대문 쪽으로 들어갈까 하다, 유리문이 닫히기 전 찬수 아저씨 뒤를 얼른 따라 들어간다. 안은 구수한 선짓국 내음으로 찼다. 침을 돌게 하는 김이 보꾹에 자욱하다. 남포등 두 개가 부유스름한 빛을 내비친다. 술청에는 술꾼 서넛이 술을 마신다. 한 사람이 갈라진 목소리로 노래를 부른다. 다른 사람은 젓가락으로 술상을 친다. 찬수 아저씨는 그들과 한패가 아니다. 외딴 자리에 앉는다. 문 옆에 섰던 색시가 찬수 아저씨 빈 잔에 술을 따른다.

"화자야, 술 좀 따라라. 오늘 저녁에 한판 쥐모 니 하나쯤은 하이야(택시)에 태아 마산서 메칠 호강시켜 줄 수 있데이." 판쟁이 추 씨가 어벌쩡을 떤다.

fields and paddies, a grain mill and an orchard. He staggered down the road and halted after a few steps to lean against a stone wall. I stopped too. Then he threw up. He used his fingers to help him vomit more. It was still early evening but he was already drunk.

"Are you a Bolshevik or what? Why do you want to be sacrificed like a dog in the hot summer? It would have been better to be martyred fighting against the Japanese. Why do you have to die like a dog at the hands of your fellow Koreans after gaining freedom from Japan?"

I thought of my father again. I had no idea what his crime was and why he was constantly on the run. I didn't understand how Reds were bad and why they were always killed when they were caught. Since two autumns ago, when a workers' riot spread from Joseon Fabric Company in Miryang, the police had intensified their efforts to catch my father. People whispered among themselves that they killed everyone involved with the Reds, and that those who wanted to engage in such activities should cross the 38th parallel. But nobody told me what made my father take on such a dangerous task. Maybe I will understand some day when I'm

색시는 늘 하는 빈말이란 듯 팔짱을 낀 채 코웃음만 친다.

"추중걸이 이래 바도 목통 크고 활량이다. 내 신소리 하는 거 아이데이."

"노름 좋아하는 인간치고 그 정도 허풍 몬 떨모 숫제 손가락 끊는기 낫제." 색시가 말한다. 분을 뽀얗게 바른 색시가 나를 본다. "갑해구나. 앞으로 너그들 우째 살라카노?"

"우리 어무이 여기 있지예?"

색시가 내 알밤머리를 쓰다듬는다. 분 내음이 코를 찌른다. 내 배 속에서 소리가 난다. 더 참을 수 없게 배가 고프다. 나는 안채로 들어간다. 마당 건너 안채 마루기둥에 남포등이 걸렸다. 어머니가 무슨 말인가 하고, 이모님이 장죽을 빨며 듣고 있다. 어머니를 보자 가슴이 뛴다. 아니다. 어머니 앞에 놓인 자루를 보자 가슴이 뛴다. 큼지막한 자루다. 쌀이든 보리쌀이든, 어쨌든 양식인 모양이다. 히부죽이 웃을 누나 얼굴이 떠오른다. 기운이 난다. 저 자루를 가져가 밥을 짓게 된다면, 부엌 앞에 쪼그려 앉아 부지깽이로 솔가리를 밀어 넣으며 노래 쫑알거릴 분선이의 불그림자 일렁이는 발그레한 얼굴이 떠오른다. 진땀이 나고 맥이 풀린다. 이제 살았구나, 하는 생각이 든다. 나는 어

all grown up. I will be able to get to the bottom of it, probably when I realize the meaning of his answer to my question about the chicken and the egg.

Mr. Ch'an-su opened the glass door to my aunt's tavern. I briefly considered going through the gate of her house, but I quickly followed behind him before the door closed. It was filled with the delectable smell of ox blood soup. The steam of the soup filled the room to the ceiling, making my mouth water. Two kerosene lamps gave off a murky light. Several men were drinking at a long, narrow table. One guy was singing in a hoarse voice, while the others kept time by hitting the table with their chopsticks. Mr. Ch'an-su did not join them but sat at a separate table. A female attendant who had been standing near the door came to pour a drink for him.

"Hey, Hwa-ja! Why don't you pour a drink for me too? If I hit paydirt tonight I will hire a taxi and take you to Masan for a luxurious life for a couple of days." Mr. Ch'u, the table maker, tried to cajole her, but she scoffed at his suggestion, arms folded across her chest, as though he always said such silly things.

머니와 이모님 사이에 섞여 들기가 멋쩍다.

"성님, 인자 우리는 우예 살꼬예. 밉든 곱든 서방인데, 저래 죽고 나모 세 자식 데불고 우예 살꼬……" 흐느끼는 어머니 목소리가 높아간다.

마침내 어머니는 훌쩍거리며 운다. 나도 서러워진다. 눈물이 돌고 콧마루가 시큰하다.

"네 형부가 지서로 갔구마는 그런 큰 죄를 졌으이 무신 할 말이 있겠노. 시집 한분 잘몬 간 죄로 니가 이래 험한 꼴을 당하는구나." 이모님이 어머니를 달랜다.

"아이고. 내가 전생에 무슨 죄를 많이 졌다꼬 이런 생고생을 당할꼬. 성님. 내 팔자가 와 이래 험한교. 어무이는 내 귓밥 커서 살아생전 벨 탈 읎이 잘살 끼라 카더마는, 와 이래 요 모양 요 꼴로 망쪼가 들었을꼬……." 어머니 흐느낌이 높다진다.

"어무이."

광목 치맛자락으로 눈두덩을 훔치던 어머니가 나를 본다. 울상이던 어머니 얼굴에 노기가 서린다. 눈을 부릅뜬다. 어머니는 눈이 커서 겁이 많다. 나는 어머니 눈을 닮았다. 나도 겁이 많다.

"이늠으 빌어묵을 자슥아. 집에 처박히 안 있고 머 하로

"I, Ch'u Jung-gŏl, am a good and generous man. I do not make empty promises."

"If gamblers cannot bluff like you, they had better cut off their fingers." The thickly powdered woman suddenly saw me. "Gap-hae? How will you live from now on?"

"I am looking for my mother. She's here, right?"

She patted me on the head. The smell of powder tickled my nose and my stomach growled. My hunger was almost too much to bear. I went to the main building across the yard. A kerosene lamp hung from a pillar of the building. My mother was talking on the wooden veranda, and her sister was listening, smoking a long pipe. My heart raced when I saw my mother. Or maybe it was the large sack I noticed lying in front of her. Be it rice or barley, it must contain something we could eat. I could imagine Big Sister grinning upon seeing the bag. The mere sight of it was invigorating. I also imagined Bun-sŏn crouched down, singing, her face lit up by the glow of the flames as she stroked the kitchen fire to cook the grains when we arrived home. I started sweating and felt relaxed. It seemed we would survive. But I didn't want to butt in while they were talking.

나왔노."

"불쌍한 아이가 무슨 잘못을 저질렀다고, 쯧쯧. 갑해야, 여게 온나." 이모님이 내 편이 되어 준다.

나는 이모님 옆으로 다가간다. 이모님이 댓돌에 장죽 물부리를 턴다. 내 어깨를 토닥거린다.

"갑해야, 배고프제? 니는 여게서 밥 좀 묵고 가거라. 갑해야, 갑해야. 니사 얼매나 똑똑하노. 그라이께 이모부가 니 중핵교 공부시키 줄라 안 카나. 크거들랑 큰 사람 되거래이. 니 애비맨쿠로 미친 짓 하지 말고. 열두 대문 담장 치고 살 거래이. 니 그래 장하게 되는 거 볼 때꺼정 내가 살아얄 낀대……."

이모님의 단 입김이 내 귓밥에 스친다. 술 냄새가 풍긴다. 손님이 주는 술을 받아 마신 모양이다. 이모님은 술만 마시지 않으면 참 좋은 분이다. 조금만 마셔도 괜찮다. 취하면 아무한테나 욕설을 퍼부어 욕쟁이 술주모로 불린다. 아니면 방바닥을 치며 큰 소리로 운다. 자식 하나 두지 못하고 쉰 나이를 바라보는 신세를 한탄한다.

"이놈으 팔자, 나는 와 이래 서방 복도 읎노. 자슥새끼들마 읎어도 헌서방이나따나 얻어가지러. 아이구, 내 팔자야. 설움도 많고 한도 많데이." 머리칼이 부스스한 어머

"Sister, how can we live from now on? Whether he's good or not, he is my husband. Once he's dead, how am I supposed to survive with three children...?" My mother's whimpering got louder. She finally burst into a sob, which also made me feel sad. I felt tears in my eyes and a frisson of emotion rush down the ridge of my nose.

"Your brother-in-law went to the police. But how can he get him out when his crime is so serious? You've suffered too many hardships because you married the wrong person." She tried to console my mother.

"What grave sin did I commit in my previous life to deserve suffering? Sister, why is my destiny so harsh like this? Mother used to tell me that I wouldn't have much worry in life because of my fleshy earlobes. How did my life fall to pieces...?" Her sobbing grew louder.

"Mother!"

Dabbing her eyes with the edge of her cotton skirt, she looked at me. Her tear-stained face looked angry. She glared at me sharply. She got scared easily because of her big eyes, which I'd inherited from her, so I got scared easily too.

"You bastard, why aren't you at home? What the

니가 다시 읊조린다.

"마 치아라. 이것아." 이모님이 어머니 우는 꼴을 흘깃 눈으로 본다. 입술을 비죽거리며 핀잔을 준다. "자식들이 불쌍치도 않나. 어서 가거라. 가서 밥이나 해 믹이라. 니사 그래도 부모 덕에 한창 클 때 배사 안 곯았지러. 아아들이 무슨 죄가 있노. 그 미친갱이 서방이사 큰물 질 때 떠나려 보냈다 치고 악착같이 살 생각은 않고 무슨 탄식이 그래 많노. 인자 허리끈 졸라매고 머든지 해 바라. 발 벗고 나서모 산 입에 금구 치겠나. 니도 함안댁 뽄 좀 바라. 해방되던 해, 호열자로 서방 잃고 판돌이 데불고 얼매나 야무지게 사노. 떡판 짱뱅이에 이고 장터마다 댕기느라 소꿋(속옷) 가랑이 성할 날 읎어도 설 지내고 밭 한 마지기 또 안 샀나. 이것아, 니도 악심 안 묵으모 장래 팔자 더 험할 끼데이."

그 소리를 듣자 어머니는 물코를 힝 하고 풀며 일어선다. 옆에 놓인 자루를 든다. 그 자루에 든 양식이 쌀이든 보리쌀이든, 나는 기분이 좋다. 어머니가 든 자루를 내가 받으려 할 때, 눈앞에 별이 번쩍한다.

"빌어묵을 밥통아. 그래 머슴아라는 기 밤이모 집 지킬 줄 모르고 지집아 둘 놔뚜고 머하로 나왔노. 에미가 서방

hell are you doing here?"

"What wrong did he do? Poor boy. Tsk, tsk. Gap-hae, come here." Aunt sided with me.

I stepped closer to her. She tapped her long smoking pipe on the stone shelf for shoes, then patted me on the shoulder.

"You must be hungry, Gap-hae. Have a bite before you go. Gap-hae, you are a smart boy. That's why your uncle wants to pay for your junior high school fees. Be a great man when you grow up. Don't ever do a crazy thing like your father! I hope you will live in a grand house with twelve gates and tall fences. I wish I could live long enough to see you do that..."

My aunt's sweet breath brushed my earlobe. It smelled like alcohol. She must have taken some to humor her customers. She's a wonderful person except when she's drunk. It was okay when she just took a little, but when she got drunk, she heaped curses on anyone, earning her the nickname 'Foul-mouthed Hostess.' When she was drunk, she would cry aloud, slapping the floor, lamenting that she was almost 50 and had not produced any offspring.

Her hair in disarray, my mother resumed her sobbing. "How unfortunate I am... I have no luck

정해 갈까 바 찾아댕기나, 도둑질하로 갈까 바 찾아댕기나."

머리꼭지로 연신 떨어지는 알밤에 나는 숨도 못 쉬고, 참을 수밖에 없다. 서러움보다 아픔 때문에 눈물이 고인다. 어머니는 곧잘 화풀이를 내게 하는 버릇에 익숙하다. 이모님이 어머니와 나 사이를 막는다.

"갑해 너무 쥐어박지 마래이. 니나 얼른 가서 기다리는 딸년들 밥해 믹이라. 갑해는 여기서 선짓국에 밥 한술 말아 믹이고 보내꾸마."

"니 쪼매 있다 집구석에 들어오기마 해 바라. 뻬가죽을 안 남길 끼다." 어머니는 숨을 몰아쉬며 말한다.

어머니가 이모님 집을 나선다. 나는 눈물을 닦으며 마루에 걸터앉는다. 이모님은 연방 혀를 차며 지서 있는 쪽에 눈길을 준다.

"갑해야, 배고푸제. 쪼매마 기다리레이. 내 얼른 국밥 한 그륵 맹글어 오꾸마." 이모님이 말한다.

이모님은 마당을 질러 술청으로 간다. 나는 입맛을 다시며 조갈증에 떤다. 입에 침이 가득 괸다. 알머리에는 혹이 생겼는데 아프지도 않다. 집에 오면 뻬가죽을 안 남기겠다던 어머니 말도 까먹었다.

with a husband. Even a widower wouldn't remarry me because of the children. What rotten luck... My goodness, why so much grief and sorrow..."

"Shut up!" My aunt frowned at her wailing. She reprimanded my mother, jutting out her lips to show her displeasure. "Don't you pity your own children? Go this instant! Go cook some food for them. You never went hungry thanks to our parents when you were growing up. What wrong did your children do? What rubbish are you lamenting? You'd better be determined to survive for your kids' sake. Give up your crazy husband for being swept away by raging floods. Tighten your belt and do anything! If you live with such resolve, you won't go hungry. Learn from Mrs. Haman. She lost her husband to cholera on the year of liberation, but she managed to build a solid life together with Pan-dol. She goes to market here and there, carrying rice cakes in a vessel on her head. Her underclothes are always torn at the hem, but she bought another patch of land after Lunar New Year. You will suffer a lot more unless you have such grit."

With that, my mother rose to her feet, blowing her runny nose hard. She lifted the bag. I felt elated, regardless of whether it was rice or barley. I was

잠시 뒤, 이모님이 김이 오르는 선짓국밥 한 그릇을 가져온다. 나는 고맙다는 말도 없이, 국밥을 금세 먹어 치운다. 국물까지 남김없이 마셔 버린다. 김치가 있었으나 젓가락질을 해 보지 않았다. 내가 생각해도 너무 빨리 먹었다. 내 먹성을 혀 차며 지켜보는 이모님 보기가 쑥스럽다.

"더 주까?" 이모님이 측은하다는 듯 묻는다.

"마 갠찮습니더. 이모님. 자알 묵었심더."

나는 더 먹고 싶었으나, 머리를 흔든다. 이마의 땀을 훔치며 이모님을 보고 웃는다. 기분 좋다. 이제 살 것 같다. 기운이 난다. 오늘은 무사히 넘겼구나 싶다. 그제서야 어머니 얼굴이 떠오른다. 지금 집으로 들어가면 부지깽이로 닦달을 당하게 될 거였다. 누나와 분선이는 지금 얼마나 배고파할까, 하는 생각이 든다. 어머니가 자루를 들고 오는 걸 보면 배고픔도 잊겠거니 여겨진다.

"갑해야, 니 지서에 한분 가 바라. 이모부님 지서로 내리갔으이께 거기 있을 끼다. 니 애비 우예 됐는고 소식 알아 온나."

"그라게예."

나는 이모님 말뜻을 금방 알아차린다. 지서에는 아버지가 잡혀 있다. 지서 주임과 가까운 사이인 이모부님이 지

about to take over the bag from her when I saw stars.

"Bloody good-for-nothing! How can you call yourself a man, leaving the two girls home alone at night when you should be guarding the house? Are you following me, worried I will marry another man or steal something?"

I had to endure a volley of punches. I couldn't breathe. Tears stung my eyes, not from sadness but from pain. She was used to taking out her frustrations on me. Aunt placed herself between the two of us.

"Stop it! Just go and cook some food for the girls. I will feed him some rice and ox blood soup before sending him home."

"I will beat you to a pulp if you come home," Mother said, panting, before she left.

I wiped my tears and sat on the edge of the wooden veranda. Aunt kept clicking her tongue in the direction of the police station.

"You must be starving, Gap-hae. Just wait a bit, I'll be back right away with some rice and soup."

She walked across the yard to the tavern. I grew impatient and smacked my lips. My mouth watered profusely. I didn't feel the sting of the bumps on my head and forgot my mother's warning that she

서에 계시다. 지서 주임과 이모부님은 성도 같고 항렬까지 같은 먼 친척붙이다. 이모부님은 다리를 전다. 해방 전 일본에서 살았는데 관동지방 대지진 때 일본 사람들 몽둥이에 맞아 다리뼈가 부러져 절름발이가 되었다. 그 통에 식구 모두가 죽었다 했다. 해방되기 전 고향으로 돌아왔다. 이모님은 술장사를 하고 이모부님은 허구한 날 놀고 지낸다. 읍내 사람들은 이모님이 이모부님 후처라고 말했다.

이모부님은 점잖은 분이시다. 이모님은 욕쟁이로 술장사를 하지만, 동네 사람들은 이모부님을 학자님으로 떠받든다. 이모부님은 중학교 한문 선생보다 한자를 더 많이 아신다. 하루에 몇 차례씩 큰 소리로 어려운 한서를 읽는다. 붓글씨도 잘 쓴다. 난초에 대나무도 잘 그린다. 활터에 활도 쏘러 다닌다. 그런데 이모부님은 술장사하는 이모님과 함께 산다. 말수 적고 점잖은 이모부님이, 목소리 크고 성질 괄괄한 이모님과 어떻게 한솥밥 먹고 살게 되었는지 나는 모른다. 어머니와 아버지만 해도 그렇다. 아버지는 일본에 가서 대학 공부까지 했다. 그런데 어머니는 한글도 제대로 읽을 줄 모른다. 아버지가 어머니와 어떻게 맺어졌는지 나는 모른다.

지난겨울이었다. 나는 어머니가 아버지에게 고함지르

would beat me to a pulp if I returned home.

My aunt came back with a bowl of steaming ox blood soup mixed with rice. Without even pausing to say thank you, I wolfed it down, finishing the soup to the last drop. I didn't even have time to touch the kimchi. I wondered if I had done it too quickly. I blushed as she was clicking her tongue at my appetite.

"Do you want more?" She asked sympathetically.

"No, thanks. Thank you for the food. I had a lot." I wanted to eat more, but I shook my head.

I wiped the sweat off my forehead and smiled at her. I felt wonderful. I felt alive, invigorated. I've made it through the day. Then, my mother's angry face came to my mind. If I go home now she will brandish a fire poker at me. Big Sister and Bun-sŏn must be starving, but they will be thrilled to see Mother return with a bag of grains.

"Gap-hae, go to the police station. Your uncle must be there. Go find out what's happened to your dad."

"Yes, Auntie."

I immediately understood what she meant. Uncle knew the head of the police station well and had gone to see him. The police chief was his distant

며 대드는 소리를 들은 적 있었다. 밤중인데 오줌이 마려워 눈을 뜨니, 놀랍게 아버지가 방구석에 앉아 있었다. 수염이 더부룩한 아버지가 언제 나타났는지 담배를 피우고 있었다. 아버지는 남루한 회색 바지저고리에 개털 모자를 쓰고, 목도리를 하고 있었다. 어머니가 울면서, 아아들 데불고 부산이든 서울이든 떠나서 살자고 아버지께 말했다. 이젠 지서로 더 불려 가 매질당할 수 없고, 남 손가락질받고 살 수 없다고 울부짖었다. 아버지는 방문 쪽만 살피며 말이 없었다. 나는 오줌 눌 생각도 잊은 채 이불깃 사이로 아버지를 훔쳐보며 귀를 모았다. 두려웠다. 곧 순경이 들이닥칠 것만 같았다. 지서에 자수하든, 멀리 도망가든 한길을 택하란 말임더. 그래, 임자가 사람 탈을 쓴 인간인교, 아니모 짐생인교. 짐생도 지 식구를 이래 내삐리지는 안 할 낌더. 어머니 목소리가 높아 갔다. 아버지는 아무 말이 없었다. 어머니가, 사상에 미친 작자, 떠돌아댕기는 거리 구신 들린 서방이라고 욕설을 퍼붓기 시작했다. 아버지는 슬그머니 자리에서 일어났다. 날 쥑이고 가, 쥑이고 가란 말이다. 이 미친 사내야, 자슥새끼들하고 날 쥑이고 내빼. 내 죽어서 혼백이라도 임자 따라댕기미 망하게 하고 말 끼다! 어머니는 아버지 바짓가랑이를 잡고

relative—they shared the same surname and a character in their given name that showed they belong to the same generation. My uncle limped ever since his leg was broken from a beating by a club-wielding Japanese mob in the wake of the great Kanto earthquake. His whole family was slaughtered. He returned to Korea before the country's liberation from Japan and idled away his time, while my aunt ran the tavern. People in the marketplace said that my aunt was his second wife.

He was a respectable gentleman. Although his wife was a foul-mouthed hostess of a tavern, he was highly regarded for his erudition. He knew far more Chinese characters than even a junior high school teacher. He recited difficult Chinese texts several times a day. He was well versed in calligraphy and drew orchids and bamboo. He sometimes went to an archery field to shoot arrows. It was strange that he should live with someone like my aunt who was in the drinking business. I have no inkling how my reticent, respectable uncle ended up with my feisty, big-voiced aunt. It was the same with my parents. My father graduated from college in Japan, while my mother was illiterate. I don't know how their marriage was fixed.

늘어졌다. 그늠으 짓이 처자슥보다 그래 중하모 일찍 불알 때 놓고 그 짓 하제 멋 때메 처자슥 이 꼴 만들고 그늠으 사상에 미쳐! 아버지는 우리 오누이 쪽에 잠시 눈을 주다 어머니 손을 뿌리쳤다. 아버지는 뒷문으로 날쌔게 달아났다. 어머니가 뒤좇아 나갔다. 나도 오줌을 누려 일어났다. 마당으로 나와 오줌독에 소변을 보자 아니나 다를까, 호각 소리가 들렸다. 잡아라! 저쪽이다. 활터 쪽이다! 순경들 고함이 들렸다. 연달아 총소리가 터졌다. 쥑이라, 쥑여! 갈겨 버려! 순경들 고함이 차츰 멀어졌다. 나는 떨며 소변을 마쳤다. 어느 사이 나는 울고 있었다. 잉크빛 하늘에 걸린 달을 보며, 나는 소리 죽여 울었다. 찬 뺨에 뜨거운 눈물이 흘러내렸다. 왜 아버지가 목숨 걸고 도망만 다녀야 하는지, 나는 알 수 없었다. 오직 쑥대밭처럼 되어 버린 집안 꼴이 서러웠다. 아버지에 대한 증오와 연민이 함께 뒤섞여 이빨에 앙다물었던 울음이 소리가 되어 터져 나왔다. 바람을 타고 먼 산에서 산짐승 울음소리가 들렸다. 마을 개들이 짖었다. 얼룩진 눈에 차가운 별빛이 어룽졌다. 그날 밤, 아버지는 잡히지 않았다. 아버지를 놓친 순경들이 집으로 들이닥쳤다. 순경들은 장롱이며 벽장을 닥치는 대로 뒤졌다. 누나와 분선이와 내가 한 몸이 되

Last winter, I heard my mother shouting at my father. When I woke up to take a leak in the middle of the night, I was surprised to see my father sitting in a corner of the room. His face bristling with whiskers, he was smoking a cigarette. He had on a fur hat, muffler, threadbare coat and gray pants. My mother wailed, demanding that he take us all to Seoul or Busan. She cried that she was sick and tired of being beaten up by the police and scorned by the people. He didn't say a word but kept a close watch on the door. I forgot the urge to piss and pricked up my ears, looking at my father from under the quilt. I was scared. The police could barge in at any time.

"Give yourself up or let's flee to a faraway place! Choose! Are you a man or a beast in a human's skin? Even an animal wouldn't abandon his family like this."

Her voice grew louder, but he remained silent. She cursed him for being possessed by his ideology and wandering, until he quietly got to his feet.

"Kill me first before you go! Go ahead kill me! You fool, kill me and the kids before you run away again! Then my ghost can haunt and destroy you!" She clutched the cuffs of his pants. "If your ideology

어 껴안고 울 때, 어머니는 지서로 끌려갔다.

나는 활기차게 지서로 걷는다. 배를 채우고 나니 이젠 춥지 않다. 비로소 아버지가 보고 싶은 생각이 간절하다. 무싯날에도 전을 펴는 저자 앞을 지난다. 예배당만 지나면 지서이다. 지서가 가까워질수록 내 가슴이 뛴다. 아버지가 순경들로부터 매를 맞고 있겠다 싶다. 그 옆에서 이모부님이, 아버지를 용서해 달라고 통사정하고 있을는지 모른다. 형무소에 처넣어 죽도록 고생시키더라도 죽이지만 말라고 지서장한테 통사정하고 있을지 모른다.

지서 건물 이마에 켜진 전등불빛이 보인다. 지서 앞 초소에는 늘 의용경찰대원이 지키고 있다.

"아제예. 우리 아부지 말입니더…… 우리 아부지 우예 됐어예?" 나는 입초 선 의용경찰원한테 조심스럽게 묻는다.

의용경찰원은 내가 누구 아들인지 금방 알아본다. 작년 봄이 떠오른다. 지서 노 순경이 나를 꾄 적 있었다. 학교에서 돌아오는 길에 순경이 내게 사탕 한 봉지를 주며, 아버지가 언제쯤 집에 오느냐고 물었다. 나는 모른다고 대답했다. 아버지가 언제 집에 올는지 정말 나는 몰랐다. 순경은 앞으로 친하게 지내자며 한사코 뿌리치는 내 손에 사탕 봉지를 쥐어 주었다. 나는 사탕이 먹고 싶었지만 그

is so damn important, why did you marry and use your dick? Why are you so crazed by it, ruining the lives of your wife and kids!"

After glancing at my siblings and me, he pushed past her and quickly ran out through the back gate. She ran after him. I got up to relieve myself and was in the yard pissing in the urinal bowl when the air was rent by the sound of a whistle. I heard the shout of policemen. "Catch him! He's going towards the archery field!" Then, a volley of gunfire. "Kill him! Shoot!"

The shout of policemen receded in the distance. I shivered when I finished urinating and found myself weeping in spite of myself. Looking up at the moon in the inky sky, I fought down my sobs. Hot tears streamed down my cold cheeks. I didn't understand what my father had to risk his life for, or why he had to be on the run. I just felt sad that it ruined my family. My mixed feelings of hatred and sympathy for him escaped in sobs through my clenched teeth. The howling of wild animals in the distant mountains wafted in the wind. Village dogs barked. The soiled snow glittered in the cold starlight. My father escaped arrest that night. The policemen who failed to catch him came to our house instead,

봉지를 수채에 버렸다. 그런 사탕을 먹어서는 안 된다고 다짐했다.

"빨갱이 자슥 늠이구나. 아부지 찾으러 왔다 이 말이제? 니 아부지는 버얼써 골로 갔어."

"죽었어예?"

"그래, 뒈졌어."

"울 아버지가 벌써 총살당해 뿌렀다 이 말이지예?"

내 되물음에 의용경찰원이 너부죽이 웃다, 어깨에 멘 장총을 벗어 내려 나에게 겨눈다.

"니도 죽고 싶나? 죽기 싫으모 퍼뜩 집에 가. 가서 이불 둘러쓰고 잠이나 자!"

순경이 장난질로 총을 겨눈 줄 알지만, 나는 깜짝 놀란다. 손을 가슴 앞에 모으고 몇 발 물러선다.

"아닙니더. 이모부님 찾으러 왔심더." 내 목소리가 울먹인다.

그때, 이모부님이 어깨를 늘어뜨린 채 절룩거리며 지서 정문을 나선다. 나는 달려가 이모부님 두루마기 자락에 매달린다.

"이모부님요. 증말로 우리 아부지 총살당해 뿌렀습니꺼?"

"Is he really dead? Did they shoot him...?" I sobbed. Tears ran down my cheeks mingling with snot. He held my hand firmly, rubbing my back racked with sobs.

"Gap-hae," he said, as if he had suddenly made his mind up about something. "Let's go have a look at your father."

He led me behind the police station. The branches of the elm which were about to put forth buds shivered in the wind. The moonlight was faint and I suddenly felt terrified. My uncle was silent. I looked around restlessly in the darkness, heart pounding. I wiped my eyes and looked around for my father's body.

There was something covered with a straw bag under the elm. My uncle stood still. Ankles clad in threadbare sneakers poked out from beneath the bag. The corpse was covered from head to shin. I stopped breathing and seized my uncle's waist, my whole body quaking.

"That's your father's body, take a good look at it. He's dead as you can see, so don't bother looking for him anymore, got it?" He released my hand and lifted the straw bag.

I saw my father's face under the wan moonlight. It

선 의용경찰원도 보이지 않는다.

“아부진 거짓말쟁이다. 거짓말만 하다 돌아가싰어. 아이다, 죽지 않았어! 거짓말처럼 죽은 체하고 있는 기라!”

나는 헐떡거리며 집과 반대쪽 철길 아래 들녘으로 내달는다. 숨이 턱에 닿는다. 달빛에 뿌옇게 드러난 강둑이 보인다. 땀과 눈물로 찝찔한 눈 주위를 닦는다. 강둑에 올라서자 나는 숨을 가라앉힌다. 강물이 흐른다. 언제 보아도 강물은 쉬지 않고 흘러간다. 달빛을 받은 강물이 비늘처럼 번뜩인다. 강 건너 키 큰 미루나무가 아버지 모습 같다. 강 건너에서 빨리 건너오라고 손짓하는 것 같다. 나는 그 강을 헤엄쳐 건널 수 없다. 어릴 적 아버지와 나는 이 강둑을 거닐며 많은 말을 나누었다. 언제인가, 아버지는 이렇게 말했다. 쉬지 않고 흐르는 강처럼 너두 쉬지 않고 자라거라. 다음에 크면 어떤 길이 우리 모두에게 행복과 평등을 가져다주는 길인지 배우고 깨우쳐야 한다……. 그러자, 아버지가 죽었다는 실감이 비로소 내 마음에 소름을 일으키며 파고든다. 이제부터, 앞으로 영원히 아버지는 내게 그런 말을 들려줄 수 없다. 나는 홀연히 떨기 시작한다. 서른일곱 살 나이로 연기처럼 사라져버린 아버지. 이제 내가 죽기 전 만날 수 없게 된 아버지. 어린 나에

was contorted and covered with blood. His eyes were wide open, frozen in a fierce glare. The jaws were swollen, and the mouth was ajar. I found it hard to believe that that was my father. He seemed to be a different person. His chest, against which I used to lean as a child playing on his lap, was visible through an unbuttoned worn-out black uniform and had turned a horrible purple. His arms and legs were splayed. He obviously wasn't sleeping. I couldn't stand it anymore.

"Father... He's gone. How can he die like this?" I sobbed.

My uncle took my arm, but I brushed his hand away and started running until he and the militiaman were far behind me.

"Father is a liar! He lied all the time. He's not dead! He's only pretending!"

Panting, I ran down the railroad to the fields in the opposite direction from our house. I couldn't breathe properly. I saw the riverbank beneath the weak moonlight. I wiped the salt and sweat from my eyes. Climbing on to the bank, I calmed my ragged breath. The river was flowing as it did ceaselessly. It glimmered like fish scales in the moonlight. A tall poplar across the river seemed to

게 너무 어려운 수수께끼를 남기고 돌아가신 아버지의 길지 않은 인생을 더듬을 때, 나는 알 수 없는 두려움에 떤다. 두려움과 함께 어떤 깨달음이 내 머리를 세차게 친다. 그 느낌은, 살아가는 데 용기를 가져야 하고 어떤 어려움과 슬픔도 이겨내야 한다는, 그런 내용이다. 보이는 것, 보이지 않는 모든 것이 안개 저쪽같이 신기한 세상, 내가 알아야 할 수수께끼가 너무 많은 이 세상을 건너갈 때, 나는 이제 집안을 떠맡은 기둥으로 힘차게 버티어 나가지 않으면 안 된다. 이런 결심이 내 가슴을 적신다. 눈물을 그 느낌이 달랜다.

아버지가 돌아가신 그해 초여름, 이 땅에 전쟁이 났다. 이모부님은 남쪽과 북쪽이 싸운 그 전쟁이 지금의 휴전선 부근에서 밀고 당길 이듬해 가을, 갑자기 별세하셨다. 나는 성년이 된 뒤까지 이모부님이 왜 그때 아버지 시신을 내게 확인시켜 주었는지에 대해 여쭈어 볼 기회를 놓치고 말았다.

『어둠의 혼』, 문이당, 2005(1973)

resemble my father, waving at me, beckoning me to come over. But I couldn't swim across the river.

When I was little my father once told me, "Grow ceaselessly like a flowing river. Learn and realize what path will bring us all happiness and equality..."

It was then that it dawned on me that my father really was dead, making me break out into goose bumps. He could no longer tell me such stories from now on. I started shivering. He was only 37 and had vanished like smoke. I wouldn't meet him again, not until I died. When I pondered his short life full of unanswered riddles, I trembled with unknown fears. A certain realization hit me along with those fears. I realized that I must have the courage to live on and overcome sadness and the obstacles ahead. Now that I was the pillar of my family, I had to carry on bravely, especially in this world full of mysteries—seen and unseen like the other side of the mist—and never-ending riddles to solve. This thought and resolve heartened me, drying my tears.

In the early summer of that year when my father died, the country erupted into war. My uncle died suddenly the following autumn when South and

North Korea were neck and neck in battle around the 38th Parallel, which later became the line of demarcation between them when they declared a truce. I forever lost the chance to ask him why he had showed me my father's dead body that day.

Translated by Sohn Suk-joo and Catherine Rose Torres

해설

Afterword

소년의 눈으로 바라본 분단과 이데올로기

서영인 (문학평론가)

김원일은 1966년 단편 「1961 · 알제리아」와 이듬해 장편 『어둠의 축제』가 현상 공모에 당선하면서 등단했다. 「어둠의 혼」은 1973년에 발표된 소설로 이 소설을 통해 김원일은 본격적으로 문단의 주목을 받게 되었다. 「어둠의 혼」은 김원일의 소설 세계의 원형을 보여 주는 소설이라 할 수 있는데, 이후에도 김원일은 해방 후 좌우 이데올로기의 분열과 분단의 고통에 대한 소설을 꾸준히 집필했다.

「어둠의 혼」은 "아버지가 드디어 잡혔다는 소문이 읍내 장터 마당 주위에 퍼졌다"라는 말로 시작한다. 소설의 서두에서도 알 수 있듯이 소설의 뼈대를 이루는 것은 '아버지가 무슨 일 때문에 지서 순경에게 붙잡혔다'는 사건, 그

Division of the Country and Ideology from the Perspective of a Boy

Seo Young-in (literary critic)

Kim Won-il made his literary debut when his short story entitled "1961, Algeria" won the Spring Literature Award from the Daegu *Maeil Shinmun* in 1966, and when his novel entitled *Festival of Darkness* won the Novel Award from *Hyeondae-munhak (Modern Literature)* the next year. "Soul of Darkness," a short story published in the magazine *Monthly Literature* in 1973, brought him wider critical recognition. "Soul of Darkness" is a sort of archetype for Kim for it contains all the elements that are important in his novels, in which he persistently pursues the subject of pain stemming from the ideological and physical division of the

리고 그 사건을 바라보는 '소년의 시점'이다.

먼저, '아버지가 잡혔다'는 사건은 무엇을 의미하는가. 아버지는 일본 유학까지 다녀온 지식인으로 좌익 활동을 하며 숨어 다니다가 마침내 경찰에 붙잡힌다. 아버지를 따라다니며 아버지와 함께 활동했던 사람들이 모두 붙잡혀 총살당한 사실로도 알 수 있듯이 아버지의 체포는 곧 죽음을 의미한다. 그리고 여기에는 해방 후의 격렬한 이데올로기적 대립과 그에 대한 남한 정부의 가혹한 처분이라는 배경이 깔려 있다. 해방 후 새로운 정부를 수립하는 과정에서 좌우의 이념 대립은 극한에 이르렀으며 미군의 지지하에 단독정부를 수립했던 남쪽에서 좌익 세력이란 곧 척결되고 소탕되어야 할 극악한 범죄자와 동일시되었다. 아버지가 왜 좌익의 사상을 가지게 되었는지, 그리고 그 사상을 기반으로 무엇을 하려고 했는지는 이미 중요하지 않다. 좌익 사상을 가진 자는 결코 용서받을 수 없는 죄인이며 잡히면 바로 죽을 수밖에 없는 존재라는 사실만이 강조된다. 그리고 그러한 사상전력자의 가족은 아무 죄를 짓지 않았음에도 불구하고 끊임없이 협박과 취조에 시달려야 했으며 가난과 공포로부터 벗어날 수 없었다.

어린 소년 '갑해'를 주인공으로 한 이 소설의 시점은 이

country in post-liberation Korea.

"Soul of Darkness" begins with this sentence: "The news spread in the local market that my father had finally been apprehended." As this beginning indicates, the story has two main elements, i.e. the incident in which the father was caught for some reason and the perspective of a boy who observes this incident.

First, what does the incident described in this sentence "my father... had been caught by the police" mean? The boy's father was a left-wing intellectual who worked underground until he was arrested. As is clear from the fact that his colleagues have all been arrested and executed, there is no doubt that his arrest means his death. The background is the fierce ideological conflict in post-liberation Korea as well as the brutal crackdown on communists by the South Korean government. Ideological confrontation reached a new extreme during the process of establishing a new government after liberation. In South Korea, in which a separate government was established under the auspices of the U.S., left-wing forces were considered monstrous criminals who had to be thoroughly hollowed out and cleansed. There was

러한 당시 상황이 가져다주는 공포를 고스란히 전해 주면서, 또한 이러한 시대의 부당성을 은연중에 드러낸다. 아직 어린 소년이기 때문에 '갑해'는 아버지가 곧 죽을 운명에 처해 있다는 사실보다 당장의 배고픔이 더 절실하고, 시도 때도 없이 들이닥치는 경찰 때문에 늘 공포에 떨어야 했다. 아버지의 사상이 어떤 것이든 이 순진한 소년의 일상을 불안과 공포로 물들이는 세상은 그것 자체로 부당하다. 아들 '갑해'는 아버지가 잡혀 가면 바로 죽는다는 것을 알고 있지만 왜 그래야 하는지 모른다. '갑해'에 의해 회상되는 추억 속의 아버지는 흉악한 범죄자도, 사상 때문에 인생을 버린 어리석은 자도 아니다. 알 수 없는 세상에 대해 말을 아꼈던 신중한 사람이었고, "모두에게 행복과 평등을 가져다주는 길"을 고민했던 사람이었다. 그런 아버지가 왜 용서받을 수 없는 범죄자 취급을 당하며 죽어야 하는지 어린 소년은 알 수 없다. 소설은 소년의 눈을 통해 혼란과 모순으로 가득 찬 해방 직후의 상황에 대해서 의문을 표하고 있는 것이다.

「어둠의 혼」이 택한 소년의 시점은 분단을 다룬 다른 소설들에서도 자주 등장하는데, 이는 분단의 문제를 본격적으로 거론하기 시작한 작가들이 유소년 시절에 분단을 겪

no need to know why the narrator's father became left wing and what his goals were. What's important was that a left-winger was an unforgivable criminal and had to be executed as soon as he was arrested. Even his family had to suffer from persistent threats and interrogations by the authorities and could never be free from poverty and fear.

By adopting the perspective of a young boy named Gap-hae, this story effectively reveals the level of fear generated by the political situation at the time, while subtly exposing its injustice. To Gap-hae, a young boy, his immediate hunger is a more pressing issue than the fate of his father, whose death is imminent. He also has to live in fear because of abrupt police intrusions. Whatever his father's beliefs were, it is also clear that the boy was living in an unjust world if the everyday life of this innocent boy is full of fear. Gap-hae knows that his father will die once he is arrested, but he cannot understand why. The father that Gap-hae remembers is neither a vicious criminal nor a fool who threw away his life because of his beliefs. He was someone so cautious that he did not pretend to fully understand the world and someone who worked hard to bring "happiness and equality for

었다는 사실과도 관련이 있다. 또한 반공 이데올로기가 표현의 자유를 제약했던 시대에, 우회적으로 분단의 문제를 객관적이고 사실적으로 그리기 위한 한 방편이기도 했다. 이러한 소년의 시점은 이데올로기적 대립과 분단의 역사를 논리적으로 따지기 보다는 그러한 역사가 안겨 주었던 공포와 불안, 모순과 의문을 생생하게 드러내는 역할을 했다. 또한 이 막연한 불안과 공포를 뚫고, 모순과 의문에 가득 찬 역사를 다시 구명하려는 의욕을 불러일으키기도 한다. 소년 주인공들은 결국 성인이 될 수밖에 없으며, 소년 시절의 의문을 해결해 나가는 과정이 곧 그 소년들의 성장을 의미할 것이기 때문이다.

소설은 '갑해'가 총살당한 아버지의 시신을 확인하는 것으로 끝이 난다. 막연한 두려움이었던 아버지의 죽음은 그 시신을 확인함으로써 구체적인 슬픔으로 전환된다. 그리고 그 슬픔은 "살아가는 데 용기를 가져야 하고 어떤 어려움과 슬픔도 이겨내야 한다는" 깨달음과 연결된다. 그러므로 아버지의 죽음을 확인하는 것으로 끝맺는 소설은 곧 소년 '갑해'의 새로운 깨달음을 알리는 출발점이 된다. 그것은 "알아야 할 수수께끼가 너무 많은 이 세상"을 건너가기 위한 한 발짝, 어린 '갑해'의 성장이기도 하다.

all." The young boy cannot understand why such a father should be treated like an unforgivable criminal and executed. The story questions the justice of the post-liberation political situation, full of confusions and contradictions, by adopting the viewpoint of a young boy.

Other stories and novels dealing with the division of the country also often adopt the viewpoint of a young child, partly because the authors themselves experienced the period of division as children. This strategy also circumvents the ideological suppression of freedom of expression by indirectly, though objectively and realistically, depicting problems resulting from the division of the country. Adopting a child's perspective allows authors to vividly depict the fears and anxieties as well as the contradictions and questions prevalent during this specific historical period instead of logically discussing the ideological conflict and the history of division. Such a perspective may also motivate readers to reflect themselves upon a history full of contradictions and problems, defying the vague fears and anxieties they once felt, because children grow up to be adults and the process of answering questions is the process of growth.

The story ends with Gap-hae recognizing his father's dead body. After this, his father's death is transformed from a vague fear to a concrete sorrow. This sorrow becomes the realization that he "should live bravely and overcome whatever difficulties and sorrows" he encounters. Thus, the ending of this story, i.e. the recognition of his father's death, is also a beginning, because it marks Gap-hae's new realization. It is a step towards crossing "this world with too many puzzles," a step in Gap-hae's growth.

비평의 목소리
Critical Acclaim

인간이 편안하게 그리고 인간적으로 삶을 영위하기 위해서 만들어 낸 사회제도가 절대적인 것이라고 생각했을 때에는 모든 것이 절대적인 가치를 가진다. 어떤 것은 사회를 파괴하는 것이기 때문에 틀린 것이고, 어떤 것은 사회 관습에 맞는 것이기 때문에 올바르다. 그러나 그 사회제도 자체를 회의하게 되면 어떤 것이 정말 옳은 것이며, 어떤 것이 정말 틀린 것인지를 알 수 없게 된다. 그때에는 모든 것에 대해 잘 모르겠다고 대답할 수밖에 없다. 사회터전에 절대적인 가치를 부여할 수 없게 되었다는 것은, 그러나 자세히 관찰한다면 인간은 보다 나은 터전을 가질 수 있어야 한다는 개량 의지의 발로이다. 그것은 허무주

If one accepts that a social system created by human beings in order to live humanely and comfortably has absolute value, everything related to that system also comes to have absolute value. One thing is judged wrong because it is seen as destructive for society and another is judged right because it is seen as supportive of existing social customs. However, if one begins to doubt the existing social system, it becomes difficult to know what is truly right or wrong. The answer to everything becomes unclear. Upon closer examination, our doubt about our social foundation comes from our will to improve that foundation. It does

의적 발상이 아니라, 오히려 긍정적 세계관의 표출이다. 그것은 긍정적 세계를 위한 방법론적 세계 회의이다. 「어둠의 혼」의 주인공은, 그의 삶의 터전을 완전히 부정해 버린 그의 아버지의 죽음을 통해 오히려 세계를 긍정하게 된다. 어떤 것이든 절대적으로 올바르거나 올바르지 않지는 않다. 삶에 대한 용기는 오히려 거기서 생겨난다.

김현

서정성이나 내면의 미묘한 굴곡, 삶에 대한 심각한 고민을 철저히 배제한 화자의 서술 방법은 고통스럽고 불행한 삶과 세계에 대한 소년다운 시각의 반항과 부정성을 전달하려는 것이다. 그것은 전쟁과 어른들의 부조리한 세계를 거부하고 비판하는 소년다운 관점이기도 하다.

오생근

「어둠의 혼」은 개인의 실존적 삶을 아우르는 더 커다란 범주로서의 역사성에 대한 인식의 진전을 보여 주는 탁월한 작품이라고 할 수 있다. 역사성에 대한 인식의 진전은 김원일의 소설로 하여금 실존적 부조리성에 수동적으로 매몰되어 있던 어둠의 세계로부터 점차 벗어나, 고통스럽

not originate from nihilism but from a positive worldview. It is a methodological doubt that leads us to arrive at a more positive world. The main character of "Soul of Darkness" affirms his world through the death of his father, an incident that completely negates the foundation of his life. Nothing is absolutely right or wrong. Recognizing this gives us the courage to live.

Kim Hyun

The narrative technique of this story, thoroughly stripped of lyricism, subtle psychological ups and downs, and serious reflections on life, is an effective tool for conveying a childlike protest and rejection of a painful and unhappy life and world. It is the perspective of a young boy who rejects and criticizes the war and the absurd world of adults.

Oh Saeng-keun

"Soul of Darkness" is an outstanding work that evinces progress in the author's understanding that historicity is achieved through the existential dimension of an individual's life. Thanks to this progress in the awareness of historicity, Kim Won-il's story warmly embraces people who escape the

고 부정적인 현실 속에서도 그 고통을 스스로의 삶의 몫으로 힘겹게 짊어지고 나가는 사람들을 보다 따뜻한 시선으로 끌어안게 한다.

박혜경

world of darkness in which they were passively buried, and move toward accepting the burden of a painful and negative reality as their own.

Park Hye-kyung

김원일

김원일은 1942년에 경남 김해에서 태어났다. 한국전쟁 중인 1950년에 공산주의자인 아버지가 단신으로 월북하면서 김원일의 가족은 심한 고통을 겪게 된다. 어머니는 가족을 데리고 대구에 정착했고, 그만 고향에 외따로 떨어진 신세가 되었다. 삼 년 만에 다시 어머니와 합류한 그는 신문팔이, 신문 배달, 야간 병원 사환 등을 하며 어렵게 중학교를 졸업했다. 아버지의 부재와 홀어머니의 고생과 억척스러움 속에 김원일은 장자 콤플렉스에 시달리며 말 없는 내성적 성격을 지니게 된다.

희망보다 절망에 익숙하던 시절인 고등학교 이 학년 때 토마스 만의 「환멸」을 읽고 감동을 받아 글쓰기에 본격적으로 매달렸다. 고등학교 삼 학년 때 국내외 소설들을 읽고 문학을 필생의 업으로 삼아야겠다고 결심한다. 1960년 서라벌예술대학 문예창작학과에 장학생으로 입학하여 소설가 김동리에게서 소설을 배운다. 1966년 《매일신문》에 단편 「1961·알제리아」로 당선했고, 이듬해인 1967년에

Kim Won-il

Kim Won-il was born in Gimhae, Gyeongsangnam-do, in 1942. After his father defected alone to North Korea in 1950, Kim's family suffered from its consequences. At first, his mother settled in Daegu with the rest of the family, leaving Kim alone with his relatives. He joined his mother three years later and finished middle school, working as a paperboy, newsvendor, and hospital messenger boy. Acutely conscious of his father's absence and his mother's suffering and dogged life, Kim, an introvert, also suffered from the eldest son complex.

When Kim was a junior at high school, he read and was deeply moved by "Disillusionment" by Thomas Mann and this experience motivated him to pursue a literary career. After extensively reading Korean and foreign novels as a senior in high school, he firmly made up his mind to become a writer. After entering the Creative Writing Program at Sorabol University of Art as a scholarship student, Kim learned novel writing from the master novelist

《현대문학》 장편소설 공모에 『어둠의 축제』가 준당선되어 문단에 첫발을 내딛는다. 가족의 생계를 위해 1968년 3월에 상경하여 출판사에 입사한 그는 1973년에 단편 「어둠의 혼」을 발표하면서 직장 생활을 하면서 소설 집필을 함께하는 본격적인 '이중생활'을 시작한다. 이후 그는 한국전쟁과 관련한 것을 소재로 한 분단문학을 지속적으로 발표했다. 그는 1985년 퇴사할 때까지 출판사에서 근무했다. 1993년에는 계간 《동서문학》의 주간을 맡았다.

Kim Dong-ri. He made his literary debut by winning the 1966 *Maeil Shinmun* Literature Contest with the short story "1961, Algeria" as well as the associate prize of the 1967 *Hyeondaemunhak (Modern Literature)* Novel Contest with the novel *Festival of Darkness.* After moving to Seoul in 1968 in order to work at a publishing company for the livelihood of his family. He began a 'double life,' working at the publishing house while simultaneously writing novels and short stories in 1973, the year when he published "Soul of Darkness." Since then, he has been consistently writing and publishing stories and novels dealing with the Korean War. He worked at the same publishing company for eighteen years until he retired in 1985. He also worked as the Editor-in-chief of the quarterly literary magazine *Dongseomunhak (Literature of the East and the West)* in 1993.

번역 **손석주, 캐서린 로즈 토레스**

Translated by Sohn Suk-joo and Catherine Rose Torres

손석주는 《코리아타임즈》와 《연합뉴스》에서 기자로 일했다. 제34회 한국현대문학번역상과 제4회 한국문학번역신인상을 받았으며, 2007년 대산문화재단 한국문학번역지원금을 수혜했다. 호주 시드니대학교에서 포스트식민지 영문학 연구로 박사학위를 받았으며 미국 하버드대학교 세계문학연구소(IWL) 등에서 수학했다. 현재 동아대학교 교양교육원 조교수로 재직 중이다. 인도계 작가들 연구로 논문들을 발표했으며 주요 역서로는 로힌턴 미스트리의 장편소설 『적절한 균형』과 『그토록 먼 여행』, 그리고 전상국, 김인숙, 김원일, 신상웅, 김하기 등 다수의 한국 작가 작품을 영역했다. 계간지, 잡지 등에 단편소설, 에세이, 논문 등을 60편 넘게 번역 출판했다.

Sohn Suk-joo, a former journalist for ***the Korea Times*** and ***Yonhap News Agency***, received his Ph.D. degree in postcolonial literature from the University of Sydney and completed a research program at the Institute for World Literature (IWL) at Harvard University in 2013. He won a Korean Modern Literature Translation Award in 2003. In 2005, he won the 4th Korean Literature Translation Award for New Translators sponsored by the Literature Translation Institute of Korea. He won a grant for literary translation from the Daesan Cultural Foundation in 2007. His translations include Rohinton Mistry's novels into the Korean language, as well as more than 60 pieces of short stories, essays, and articles for literary magazines and other publications.

캐서린 로즈 토레스는 외교관이자 작가이다. 2010년 단편소설 「카페 마살라」, 2004년 공상소설 「틈새」로 필리핀 카를로스 팔랑카 기념 문학상을 수상했다. 2002년 대한민국 해외문화홍보원 주최의 다이내믹 코리아 에세이 콘테스트에서 「변화무쌍한 만화경」으로 대상을 수상했다. 현재 싱가포르 주재 필리핀 대사관에서 영사로 근무 중이다.

Catherine Rose Torres is a Filipino diplomat, currently vice consul at the Philippine Embassy in Singapore. In 2010, her story "Café Masala" received a Carlos Palanca Memorial Award for Literature in the English short story category. Her story "Niche" received a Carlos Palanca Memorial Award for Literature in the English futuristic fiction category in 2004. She has also won several awards for her essays, including the grand prize for her work "Kaleidoscope Turning" in the Dynamic Korea Essay Contest sponsored by the Korea Information Service in 2002.

감수 **K. E. 더핀, 전승희** Edited by K. E. Duffin and Jeon Seung-hee

시인, 화가, 판화가. 하버드 인문대학원 글쓰기 지도 강사를 역임하고, 현재 프리랜서 에디터, 글쓰기 컨설턴트로 활동하고 있다.

K. E. Duffin is a poet, painter and printmaker. She is currently working as a freelance editor and writing consultant as well. She was a writing tutor for the Graduate School of Arts and Sciences, Harvard University.

전승희는 서울대학교와 하버드대학교에서 영문학과 비교문학으로 박사 학위를 받았으며, 현재 하버드대학교 한국학 연구소의 연구원으로 재직하며 아시아 문예 계간지 《ASIA》 편집위원으로 활동 중이다. 현대 한국문학 및 세계문학을 다룬 논문을 다수 발표했으며, 바흐친의 『장편소설과 민중언어』, 제인 오스틴의 『오만과 편견』 등을 공역했다. 1988년 한국여성연구소의 창립과 《여성과 사회》의 창간에 참여했고, 2002년부터 보스턴 지역 피학대 여성을 위한 단체인 '트랜지션하우스' 운영에 참여해 왔다. 2006년 하버드대학교 한국학 연구소에서 '한국 현대사와 기억'을 주제로 한 워크숍을 주관했다.

Jeon Seung-hee is a member of the Editorial Board of ***ASIA***, and a Fellow at the Korea Institute, Harvard University. She received a Ph.D. in English Literature from Seoul National University and a Ph.D. in Comparative Literature from Harvard University. She has presented and published numerous papers on modern Korean and world literature. She is also a co-translator of Mikhail Bakhtin's ***Novel and the People's Culture*** and Jane Austen's ***Pride and Prejudice***. She is a founding member of the Korean Women's Studies Institute and of the biannual Women's Studies' journal ***Women and Society*** (1988), and she has been working at 'Transition House,' the first and oldest shelter for battered women in New England. She organized a workshop entitled "The Politics of Memory in Modern Korea" at the Korea Institute, Harvard University, in 2006. She also served as an advising committee member for the Asia-Africa Literature Festival in 2007 and for the POSCO Asian Literature Forum in 2008.

바이링궐 에디션 한국 대표 소설 002
어둠의 혼

2012년 7월 25일 초판 1쇄 발행
2017년 7월 17일 초판 3쇄 발행

지은이 김원일 | **옮긴이** 손석주, 캐서린 로즈 토레스 | **펴낸이** 김재범
감수 K. E. 더핀, 전승희 | **기획** 정은경, 전성태, 이경재
편집장 김형욱 | **편집** 신아름 | **관리** 강초민, 홍희표
펴낸곳 (주)아시아 | **출판등록** 2006년 1월 27일 제406-2006-000004호
주소 경기도 파주시 회동길 445(서울 사무소: 서울특별시 동작구 서달로 161-1 3층)
전화 02.821.5055 | **팩스** 02.821.5057 | **홈페이지** www.bookasia.org
ISBN 978-89-94006-20-8 (set) | 978-94-94006-25-3 (04810)
값은 뒤표지에 있습니다.

Bi-lingual Edition Modern Korean Literature 002
Soul of Darkness

Written by Kim Won-il | **Translated by** Sohn Suk-joo and Catherine Rose Torres
Published by Asia Publishers | 445, Hoedong-gil, Paju-si, Gyeonggi-do, Korea
(Seoul Office: 161-1, Seodal-ro, Dongjak-gu, Seoul, Korea)
Homepage Address www.bookasia.org | **Tel**. (822).821.5055 | **Fax**. (822).821.5057
First published in Korea by Asia Publishers 2012
ISBN 978-89-94006-20-8 (set) | 978-94-94006-25-3 (04810)

바이링궐 에디션 한국 대표 소설

한국문학의 가장 중요하고 첨예한 문제의식을 가진 작가들의 대표작을 주제별로 선정!
하버드 한국학 연구원 및 세계 각국의 한국문학 전문 번역진이 참여한 번역 시리즈!
미국 하버드대학교와 컬럼비아대학교 동아시아학과, 캐나다 브리티시컬럼비아대학교 아시아학과 등 해외 대학에서 교재로 채택!

바이링궐 에디션 한국 대표 소설 set 1

분단 Division

01 병신과 머저리-**이청준** The Wounded-**Yi Cheong-jun**
02 어둠의 혼-**김원일** Soul of Darkness-**Kim Won-il**
03 순이삼촌-**현기영** Sun-i Samch'on-**Hyun Ki-young**
04 엄마의 말뚝 1-**박완서** Mother's Stake I-**Park Wan-suh**
05 유형의 땅-**조정래** The Land of the Banished-**Jo Jung-rae**

산업화 Industrialization

06 무진기행-**김승옥** Record of a Journey to Mujin-**Kim Seung-ok**
07 삼포 가는 길-**황석영** The Road to Sampo-**Hwang Sok-yong**
08 아홉 켤레의 구두로 남은 사내-**윤흥길** The Man Who Was Left as Nine Pairs of Shoes-**Yun Heung-gil**
09 돌아온 우리의 친구-**신상웅** Our Friend's Homecoming-**Shin Sang-ung**
10 원미동 시인-**양귀자** The Poet of Wŏnmi-dong-**Yang Kwi-ja**

여성 Women

11 중국인 거리-**오정희** Chinatown-**Oh Jung-hee**
12 풍금이 있던 자리-**신경숙** The Place Where the Harmonium Was-**Shin Kyung-sook**
13 하나코는 없다-**최윤** The Last of Hanak'o-**Ch'oe Yun**
14 인간에 대한 예의-**공지영** Human Decency-**Gong Ji-young**
15 빈처-**은희경** Poor Man's Wife-**Eun Hee-kyung**

바이링궐 에디션 한국 대표 소설 set 2

자유 Liberty

16 필론의 돼지-**이문열** Pilon's Pig-**Yi Mun-yol**
17 슬로우 불릿-**이대환** Slow Bullet-**Lee Dae-hwan**
18 직선과 독가스-**임철우** Straight Lines and Poison Gas-**Lim Chul-woo**
19 깃발-**홍희담** The Flag-**Hong Hee-dam**
20 새벽 출정-**방현석** Off to Battle at Dawn-**Bang Hyeon-seok**

사랑과 연애 Love and Love Affairs

21 별을 사랑하는 마음으로-**윤후명** With the Love for the Stars-**Yun Hu-myong**
22 목련공원-**이승우** Magnolia Park-**Lee Seung-u**
23 칼에 찔린 자국-**김인숙** Stab-**Kim In-suk**
24 회복하는 인간-**한강** Convalescence-**Han Kang**
25 트렁크-**정이현** In the Trunk-**Jeong Yi-hyun**

남과 북 South and North

26 판문점-**이호철** Panmunjom-**Yi Ho-chol**
27 수난 이대-**하근찬** The Suffering of Two Generations-**Ha Geun-chan**
28 분지-**남정현** Land of Excrement-**Nam Jung-hyun**
29 봄 실상사-**정도상** Spring at Silsangsa Temple-**Jeong Do-sang**
30 은행나무 사랑-**김하기** Gingko Love-**Kim Ha-kee**

바이링궐 에디션 한국 대표 소설 set 3

서울 Seoul

31 눈사람 속의 검은 항아리-**김소진** The Dark Jar within the Snowman-**Kim So-jin**
32 오후, 가로지르다-**하성란** Traversing Afternoon-**Ha Seong-nan**
33 나는 봉천동에 산다-**조경란** I Live in Bongcheon-dong-**Jo Kyung-ran**
34 그렇습니까? 기린입니다-**박민규** Is That So? I'm A Giraffe-**Park Min-gyu**
35 성탄특선-**김애란** Christmas Specials-**Kim Ae-ran**

전통 Tradition

36 무자년의 가을 사흘-**서정인** Three Days of Autumn, 1948-**Su Jung-in**
37 유자소전-**이문구** A Brief Biography of Yuja-**Yi Mun-gu**
38 향기로운 우물 이야기-**박범신** The Fragrant Well-**Park Bum-shin**
39 월행-**송기원** A Journey under the Moonlight-**Song Ki-won**
40 협죽도 그늘 아래-**성석제** In the Shade of the Oleander-**Song Sok-ze**

아방가르드 Avant-garde

41 아겔다마-**박상륭** Akeldama-**Park Sang-ryoong**
42 내 영혼의 우물-**최인석** A Well in My Soul-**Choi In-seok**
43 당신에 대해서-**이인성** On You-**Yi In-seong**
44 회색 時-**배수아** Time In Gray-**Bae Su-ah**
45 브라운 부인-**정영문** Mrs. Brown-**Jung Young-moon**

바이링궐 에디션 한국 대표 소설 set 4

디아스포라 Diaspora

46 속옷-**김남일** Underwear-**Kim Nam-il**
47 상하이에 두고 온 사람들-**공선옥** People I Left in Shanghai-**Gong Sun-ok**
48 모두에게 복된 새해-**김연수** Happy New Year to Everyone-**Kim Yeon-su**
49 코끼리-**김재영** The Elephant-**Kim Jae-young**
50 먼지별-**이경** Dust Star-**Lee Kyung**

가족 Family

51 혜자의 눈꽃-**천승세** Hye-ja's Snow-Flowers-**Chun Seung-sei**
52 아베의 가족-**전상국** Ahbe's Family-**Jeon Sang-guk**
53 문 앞에서-**이동하** Outside the Door-**Lee Dong-ha**
54 그리고, 축제-**이혜경** And Then the Festival-**Lee Hye-kyung**
55 봄밤-**권여선** Spring Night-**Kwon Yeo-sun**

유머 Humor

56 오늘의 운세-**한창훈** Today's Fortune-**Han Chang-hoon**
57 새-**전성태** Bird-**Jeon Sung-tae**
58 밀수록 다시 가까워지는-**이기호** So Far, and Yet So Near-**Lee Ki-ho**
59 유리방패-**김중혁** The Glass Shield-**Kim Jung-hyuk**
60 전당포를 찾아서-**김종광** The Pawnshop Chase-**Kim Chong-kwang**

바이링궐 에디션 한국 대표 소설 set 5

관계 Relationship

61 도둑견습 - **김주영** Robbery Training-**Kim Joo-young**
62 사랑하라, 희망 없이 - **윤영수** Love, Hopelessly-**Yun Young-su**
63 봄날 오후, 과부 셋 - **정지아** Spring Afternoon, Three Widows-**Jeong Ji-a**
64 유턴 지점에 보물지도를 묻다 - **윤성희** Burying a Treasure Map at the U-turn-**Yoon Sung-hee**
65 쁘이거나 쯔이거나 - **백가흠** Puy, Thuy, Whatever-**Paik Ga-huim**

일상의 발견 Discovering Everyday Life

66 나는 음식이다 - **오수연** I Am Food-**Oh Soo-yeon**
67 트럭 - **강영숙** Truck-**Kang Young-sook**
68 통조림 공장 - **편혜영** The Canning Factory-**Pyun Hye-young**
69 꽃 - **부희령** Flowers-**Pu Hee-ryoung**
70 피의일요일 - **윤이형** BloodySunday-**Yun I-hyeong**

금기와 욕망 Taboo and Desire

71 북소리 - **송영** Drumbeat-**Song Yong**
72 발칸의 장미를 내게 주었네 - **정미경** He Gave Me Roses of the Balkans-**Jung Mi-kyung**
73 아무도 돌아오지 않는 밤 - **김숨** The Night Nobody Returns Home-**Kim Soom**
74 젓가락여자 - **천운영** Chopstick Woman-**Cheon Un-yeong**
75 아직 일어나지 않은 일 - **김미월** What Has Yet to Happen-**Kim Mi-wol**

바이링궐 에디션 한국 대표 소설 set 6

운명 Fate

76 언니를 놓치다 - **이경자** Losing a Sister-Lee Kyung-ja
77 아들 - **윤정모** Father and Son-Yoon Jung-mo
78 명두 - **구효서** Relics-Ku Hyo-seo
79 모독 - **조세희** Insult-Cho Se-hui
80 화요일의 강 - **손홍규** Tuesday River-Son Hong-gyu

미의 사제들 Aesthetic Priests

81 고수 - **이외수** Grand Master-Lee Oisoo
82 말을 찾아서 - **이순원** Looking for a Horse-Lee Soon-won
83 상춘곡 - **윤대녕** Song of Everlasting Spring-Youn Dae-nyeong
84 삭매와 자미 - **김별아** Sakmae and Jami-Kim Byeol-ah
85 저만치 혼자서 - **김훈** Alone Over There-Kim Hoon

식민지의 벌거벗은 자들 The Naked in the Colony

86 감자 - **김동인** Potatoes-Kim Tong-in
87 운수 좋은 날 - **현진건** A Lucky Day-Hyŏn Chin'gŏn
88 탈출기 - **최서해** Escape-Ch'oe So-hae
89 과도기 - **한설야** Transition-Han Seol-ya
90 지하촌 - **강경애** The Underground Village-Kang Kyŏng-ae